Восприятие Акцентно-ритмической Структуры Слова и Типология Языка

語言類型與節律體系

Чжан Чин-го

張慶國

ПРЕДИСЛОВИЕ

Приятно рекомендовать читателю труд талантливого молодого ученого и своего коллеги, прекрасно разбирающего в проблемах фонетики и фонологии – этих едва ли не самых сложных отраслей лингвистики. Вдвойне приятно делать это в отношении науки, в развитие которой столь важный, не сказать решающий, вклад внесли русские ученые – достаточно назвать имена Л.В. Щербы, Р. Якобсона, Н.С. Трубецкого. Автор данной работы тоже является воспитанником и последователем русской фонетической школы. Он занимался фонетическими исследованиями и защитил кандидатскую диссертацию в Санкт-Петербургском университете, а начатые в России исследования продолжает на Тайване, где уже несколько лет преподает фонетику на факультете русского языка Тамкангского университета.

Эта книга – итог многолетних экспериментов, изысканий и размышлений ее автора в области русской и сравнительной фонетики. Впрочем, ее материалы и основные положения во многом затрагивают и область фонологии – науки, которая, по классическому определению Р. Якобсона, исследует соотношение между звуком и смыслом в языке. Ясно, что столь широко понимаемый предмет фонологии допускает большое разнообразие исследовательских подходов и методов. Для того,

чтобы выработать собственную научную позицию, д-ру Чжан
Чин-го пришлось освоить огромный объем различных специальных знаний, в первую очередь из области сравнительной
фонетики и фонологии. Его профессиональная компетент-
ность и исследовательский опыт в полном смысле слова уни-
кальны. Тем большую ценность представляет его книга.

Одно из главных достоинств работы д-ра Чжан Чин-го –
ее всесторонний, комплексный характер. Читатель найдет в
ней глубокий анализ и оригинальную трактовку основных
понятий современной фонетической науки – фонемы, слога,
слова, ударения, акцента и пр. Обращает на себя внимание и
сравнительный анализ фонетических категорий русского и
китайского языков, во многом новаторский, корректирующий
наши представления о фонетической структуре языка. В особенности следует отметить подробное исследование проблемы
ударения в китайском языке. Устанавливаемые автором более
четкие различия между словесными и интонационными ас-
пектами ударения позволят, как мне кажется, разрешить
многие узловые вопросы в затянувшейся дискуссии на эту те-
му.

Фонетика и тем более фонология – науки сравнительно
молодые, еще не полностью сложившиеся. Пути их дальнейшего развития будут во многом зависеть от результатов конкретных лабораторных исследований. В этом отношении книга
д-ра Чжан Чин-го представляет особенный интерес, ибо она во

многом основывается на материале различного рода стати-
стически обработанных экспериментов. Здесь перед нами как
раз тот самый случай, когда теория выстраивается в процессе
плодотворного взаимодействия с практикой: опыт д-ра Чжан
Чин-го как преподавателя фонетики позволил ему создать,
помимо прочего, новаторское учебное пособие в этой области,
которое будет очень полезным и для учителей, и для учащихся.

Один из главных постулатов фонологии заключается в
том, что язык – это не психическая реальность, а объективная
структура. Не будем забывать, что именно фонология дала
толчок развитию структуральных исследований – одного из
главных научных направлений в XX в. Д-р Чжан Чин-го дает
этому тезису свою оригинальную трактовку, имеющую одновременно и теоретическую, и практическую значимость: он
исследует наиболее типичные фонетические ошибки китайских студентов, изучающих русский язык, с точки зрения *бес-
сознательных* представлений о природе иностранных языков.
Мне видится здесь важное и перспективное направление бу-
дущих фонетических исследований.

Комплексная, хорошо сбалансированная монография
д-ра Чжан Чин-го дает по-своему полное и ясное понимание
рассматриваемых в ней проблем. Пожалуй, лишь один их аспект отражен в ней недостаточно подробно. Я имею в виду
историческую фонетику русского языка. Привлечение
материалов об эволюции фонетической структуры русского

риалов об эволюции фонетической структуры русского языка и об иностранных, в частности тюрских, влияниях на него, было бы весьма ценным не только для теории русской фонетики, но и для преподавания русского языка иностранным студентам.

Отмеченные выше достоинства работы д-ра Чжан Чин-го позволяют выразить уверенность в том, что ей суждена долгая жизнь и притом сразу в двух качествах: как теоретической монографии и как учебного пособия. Ее публикация поднимает фонетические исследования на Тайване на новую высоту и поставит перед мировым сообществом ученых-фонетистов ряд новых важных проблем.

Декан факультета русского языка
Тамкангского университета,
Проф. В.В. Малявин

ОГЛАВЛЕНИЕ

ВВЕДЕНИЕ

Данное исследование родилось в результате попытки решить некоторые вопросы методического характера, возникающие как у самого автора, так и у его коллег, занимающихся преподаванием русского языка как иностранного студентам-тайваньцам. Эти вопросы касались прежде всего проблем, связанных с усвоением учащимися системы русской акцентуации и общей консонантно-вокалической структуры русского слова. Поставленная задача на первый взгляд выглядела достаточно конкретно и сугубо практически: предполагалось с помощью экспериментально-фонетического исследования выяснить, какие трудности возникают у тайваньских учащихся при восприятии русского ударения в словах с различной консонантно-вокалической структурой. Однако и сама работа с материалом, и процесс осмысления полученных результатов позволили помимо получения практического результата, состоящего в возможности использования результатов исследования для совершенствования методики преподавания русского языка в иностранной аудитории, выявить ряд интересных фактов общетеоретического характера, позволяющих осветить некоторые вопросы сравнительно-типологического характера, что представляет бесспорный интерес как для развития лингвистической теории в целом, так и для описания фонетических систем таких генетически и типологически разных языковых систем как русский и китайский литературные языки.

§1
Специфика языковедческих традиций и проблема сопоставительного изучения русской и китайской фонетических систем

В последнее время в методической и лингвистической литературе уделяются много внимания вопросам языковой интерференции, лингвистически корректное описание которой может быть построено исключительно на основе сопоставительного метода. Автор исследования полностью согласен с основными тезисами, характеризующими сопоставительный метод, сформулированными А.А. Реформатским (Реформатский, 1987). Иначе говоря, данное исследование базируется на представлении об идиоматичности языков, системности в отношении и каждого яруса языковой структуры, и всего языка в целом; а также стремится исходить из системных противопоставлений категорий своего и чужого, опираясь не на мнимые тожества, а наоборот, на то разное, что присутствует в сопоставляемых системах.

Задача подобного рода во многом облегчается яркостью типологической несхожести русской и китайской языковых систем. Отметим также, что эта несхожесть делает особенно интересными любые данные, проливающие свет на особенности функционирования этих языков. Один из которых (русский), являясь столь непохожим на наш родной язык и выступая в качестве непосредственного объекта наблюдения, оказывается, по меткому выражению Уорфа, как бы зеркалом по отношению к родному языку[1].

Иначе говоря, данное исследование, выполненное на материале русского языка, позволяет по-новому осмыслить ряд особенностей системы китайского языка, что особенно важно в связи со спецификой становления и развития китайского языкознания.

Бесспорно, китайская языковедческая традиция является одной из самых древних в мире[2]. История изучения китайского языка в Китае насчитывает более 2000 лет, китайское языкознание оказало серьезное влияние на языкознание Японии и ряда других стран Юго-Восточной Азии, его принципы используются при описании всех языков слогового строя. Однако в силу существенных отличий китайского языка как языка изолирующего типа от европейских, а также в связи со спецификой развития китайской культуры вообще китайское языкознание на протяжении веков было ориентировано на собственную традицию лингвистического описания, существенно отличающуюся от европейской и американской. Одной из наиболее очевидных причин такого положения дел является специфика фонетики и грамматики китайского языка, от-

---

[1] B.L. Whorf The relation of habitual thought and behaviour to language // B.L. Whorf Language, thought and reality, N.Y., 1956
[2] См. Яхонтов, 1980; Яхонтов, 1981

раженная в частности в особенностях идеографического письма, остающегося неизменным на протяжении всего времени существования китайского языка.

Китайское письмо зародилось в середине 2-го тыс. до н.э. Основная графическая единица китайского письма – иероглиф, который соотносится с тонированным слогом, являющимся основным экспонентом морфемы, которая в древнекитайском языке в подавляющем большинстве случаев совпадала со словом. По происхождению большая часть иероглифов представляют собой пиктограммы и идеограммы (в сочетании с фонетическими знаками), начертание которых с течением времени упростилось; некоторые иероглифы полностью утратили свои первичные функции, другие до сих пор содержат в себе компоненты, содержащие указание на значение слова или морфемы (так называемые семантические ключи). Иероглифы, в основном, абсолютно не связаны со звуковым составом обозначаемых ими слов и морфем и тождественны для записи текстов на разных диалектах[3].

Долгое время основным объектом исследования для китайских языковедов был иероглиф, его структура, правила чтения, этимология и значение. Изначально труды так или иначе связанные с фонетикой выполнялись в духе лексико-

---

[3] Именно по этой причине китайские иероглифы заимствовались в Японии, Корее и Вьетнаме и долго служили средством межэтнического общения в странах Юго-Восточной Азии.

графических традиций. Традиционным видом сочинений по фонетике были словари рифм: "Шэн лэй 聲類" Ли Дэна (李登), "Юнь цзи 韻集" Люй Цзина (呂靜), многократно впоследствии переиздававшийся, дополнявшийся и комментировавшийся "Це юнь 切韻" Лу Фаяня (陸法言), "Гуань юнь 廣韻", представляющий собой переработку словаря "Це юнь 切韻".

Во 2--3 веках появляется широко распространенный метод чтения иероглифов методом "разрезания" слогов на инициали и финали (метод *фань це* 反切 – "переворачивание и рассечение"), суть которого заключается в том, что рядом с "незнакомым" иероглифом записываются два "знакомых" иероглифа, подобранных так, чтобы звучание "знакомых" иероглифов отражало звучание инициали и финали "незнакомого". Метод *фань це* 反切 можно рассматривать как своеобразный способ транскрибирования, поскольку с его помощью отражается звучание. Например: 同 /t^huoŋ^2/^{4} = 徒 /t^h(u)^2/ + 紅 /(h)uoŋ^2/. Следует отметить, что применение этого метода свидетельствует о возможности выделения отдельного звука (по крайней мере, согласного, выступающего в роли инициали) для китайского языкового сознания.

В конце 1-го тыс. создаются детальные многомерные классификации слогов в виде фонетических таблиц, поме-

---

[4] Цифры внутри транскрипционных скобок используются для обозначения тонов.

щающие каждый данный иероглиф на пересечении двух осей – инициалей и финалей, а также учитывающие характер тонов. Так, в словаре "Юнь цзин 韻鏡" содержится 43 таблицы, делящиеся каждая на четыре части, соответствующие четырем тонам; инициали делятся по характеру согласных на пять категорий; учитывается наличие или отсутствие промежуточных гласных – медиалей.

В 14 веке, в период бурного развития устных литературных жанров, появляются первые справочники, пытающиеся отразить особенности реального произношения. В свет выходит словарь "Чжунъюань инь юнь 中原音韻", который был ориентирован не на некое усредненное произношение, а на господствующий северный диалект.

С 14-15 веков в Китае составляются практические справочники, предназначенные для обычных грамотных людей, среди которых самыми известными являются словарь Лань Мао (蘭茂); словарь Би Гунчэнь (畢拱辰), который в 1913 г. лег в основу официальных рекомендаций по "национальному произношению"; словарь Фань Тэнфэна (樊騰鳳) (переработка двух вышеназванных словарей), словарь Мэй Инцзо (梅膺祚) и его переработка Чжан Цзылем (張自烈).

В 1716 году выходит официальный стандартный словарь "康熙字典", который опирался на книгу Мэй Инцзо (梅膺祚) и широко используется вплоть до настоящего времени. Спустя десятилетие был создан официальный фонетический словарь, составленный Ли Гуанди (李光地), где предлагался другой способ обозначения чтения иероглифа (не посредством разрезания, а посредством соединения).

В 17-19 веках достигла больших успехов историческая фонетика, создателем которой считается Гу Яньу (顧炎武), стремившийся воссоздать систему древнекитайских рифм в целом. Продолжили эту традицию и получили немало новых результатов Цзян Юн (江永), Дуань Юйцай (段玉裁), Дай Чжэнь (戴震), Кун Гансэнь (孔廣森), Ван Няньсунь (王念孫), Цзян Югао (江有誥), Ся Синь (夏炘), Цянь Дасинь (錢大昕), Янь Кэцзюнь (嚴可均), Чжу Цзюньшэн (朱駿聲). Создание и непрерывное развитие исторической фонетики является важным достижением китайского языкознания.

Однако началу 20 века традиционная китайская фонетика, не выходившая за пределы классификации слогов, исчерпала себя. Основной причиной этого, по нашему мнению, является невозможность изолированного и одновременно подлинно научного анализа только какого-то одного уровня языка (например, фонетического). Уровни языка находятся в органической взаимосвязи, явления одного уровня невозможно интерпретировать без учета особенностей всей системы языка. Научная фонология невозможна без морфологического анализа, единицы звукового уровня могут быть вычленены и описаны

только через их потенциальную связь с морфологическими
единицами, что, в свою очередь, предполагает развитую теорию грамматического анализа, которой, по сути, долгое время
в китайской языковедческой традиции практически не суще-
ствовало. Первая грамматика китайского языка в самом Китае
появилась только в конце 19 века[5].

Еще одной причиной, мешающей созданию подлинно
научной концепции китайского языка, стали особенности
развития китайского языкознания в 20 веке. Эти особенности
связаны с долгое время существовавшими методами языкового
анализа китайского языка. Первый метод заключался в по-
пытках переноса на китайский язык фонологических и грамматических понятий, выработанных европейской лингвисти-
кой для анализа индоевропейских языков (в рамках такого
подхода, например, в китайском языке пытались определить
состав фонем). Кроме того, формировался прямо противопо-
ложный подход к китайскому языку, согласно которому китайский язык объявлялся уникальным явлением, считалось,
что в нем отсутствуют какие-либо языковые единицы, присут-
ствующие в других языках (например, части речи, члены
предложения и т.д.). К сожалению, крайности этих двух подходов приходится преодолевать до сих пор и, хотя китайское

---

[5] Имеется в виду грамматика Ма Цянь-Чжуна (馬建忠) "Маши
вэньтун 馬氏文通" (1898 г.)

языкознание на современном этапе выступает как часть мировой науки о языке, оплодотворяемая ее идеями и вносящая в ее развитие свой вклад, до сих пор ощущается насущная необходимость в формировании последовательной и *лингвистически грамотной теории китайского языка*. Необходимо отказаться как от механического переноса индоевропейских языковых понятий на китайский язык, так и от автоматического отрицания их наличия в китайском языке. Основой *лингвистического метода в отечественном китаеведении* должен стать системно-структурный подход к языку, применение которого позволило европейскому и американскому языкознанию достигнуть огромных успехов и в развитии общелингвистической теории, и в описании конкретных языков. Начиная с теории Соссюра[6], выдвинувшего тезис о системности и структурной организованности языка и работ дискриптивистов по его уровневой организации (см., например, Joos, 1971 и др.) современная мировая лингвистика во всех своих проявлениях и школах опирается на этот подход. Его сущность кратко можно сформулировать следующим образом: язык рассматривается как знаковая система особого типа. Ядро этой системы образуют языковые единицы и связывающие их отношения. Под языковыми единицами понимаются фонемы или слоги (слогофонемы), морфемы, слова, структурные схемы

---

[6] Соссюр Ф. Курс общей лингвистики.

словосочетаний, структурные схемы предложений и т.д., при анализе которых следует строго разграничивать синхронические и диахронические процессы. Этот метод стал ведущим во всех лингвистических описаниях, независимо от специфики конкретной школы. В области фонетики наиболее последовательно названные идеи реализовались в работах ученых Щербовской фонологической школы, позиции которой полностью разделяет автор данного исследования. Концепцию Л.В. Щербы характеризует ярко функционализм, обусловивший создание оригинального учения о фонеме как о минимальном элементе неслогового языка, связанным со смыслом и выполняющим конститутивную функцию. В щербовской школе сегментация потока речи на единицы звукового уровня объясняется воздействием фонологической системы языка, опосредованной связью фонологических явлений со смыслом. К структурно-функциональным критериям щербовцы обращаются при отождествлении звуковых единиц (разграничивая фонематические и нефонематические звуковые различия). Система фонетических единиц определяется как система функционально значимых противопоставлений между ними. Учеными этой школы также внесен значительный вклад в развитие теории фонетики слоговых языков. Основной единицей фонологического уровня, в соответствии с концепцией Щербовской школы, является слог, который выполняет конститутивную функцию и через который осуществляется связь со значимым уровнем языка. Это сближает функции фонемы в не-слоговом языке и слога в слоговом. Основное отличие слога в нефонемных языках заключается в том, что он не является предельной единицей линейного членения звуковой цепи. Слог имеет сложную структуру, в его составе выделяются строевые элементы (инициаль, финаль и т.д.), которые могут быть рассегментированы на отдельные звуки. "Членение слога на отдельные звуки ... не связано с потенциальной конститутивной функцией каждого из его элементов в отдельности, а опирается на другие основания тоже морфологического характера" (Бондарко и др., 2000, 11).

Основные положения учения о фонеме Л.В. Щербы получили развитие в работах последователей (М.И. Матусевич, Л.Р. Зиндера, Л.В. Бондарко, Л.А. Вербицкой, М.В. Гординой[7]).

Еще одним достоинством Щербовской школы является непреложное требование при построении лингвистической теории опираться не на абстрактные концепции, а исходить из особенностей речевой деятельности человека, аргументировать выдвигаемые положения с помощью строгих исследовательских методов (в частности метода лингвистического эксперимента)[8].

---

[7] Работы названных авторов, на основе которых сформировалось научное мировоззрение автора, представлены в библиографическом списке в конце данного издания.

[8] Щерба Л.В. "О трояком аспекте языковых явлений и об эксперименте в языкознании".

Применение концепции Щербовской фонологической школы для проведения любого фонетического исследования, а также для интерпретации полученных фактов как применительно к системе русского, так и по отношению к китайскому языку, является, по мнению автора, наиболее перспективным методом и является теоретической основанием данного исследования.

§2
Некоторые особенности китайской фонетической системы

В данном разделе будут рассмотрены те типологические свойства китайского языка, за счет которых китайский язык существенно отличается от русского.

Фонетической нормой китайского языка в настоящее время является пекинское произношение. Звуковой состав китайского языка на фонетическом уровне характеризуется тем, что его согласные и гласные организованы в ограниченное количество тонированных слогов фиксированного (постоянного) состава. В современном китайском литературном языке насчитывается около 400 слогов (с учётом тоновых вариантов – около 1300). Слогоделение морфологически значимо, то есть каждый слог является звуковой оболочкой морфемы или односложного слова.

Односложных слов (моносиллабов) достаточно много, они составляют нижний, базисный ярус лексики. Часть старых односложных слов синтаксически не самостоятельна, они употребляются лишь как компоненты сложных и производных слов. В современном китайском языке преобладают двусложные (двуморфемные) слова, а в связи с ростом лексического состава языка растет число трехсложных и четырехсложных слов. Современная полисиллабичность явилась следствием фонетических процессов в древнекитайском языке: упрощения слоговой структуры и сокращения количества слогов. В результате даже с учетом тональной характеристики моносиллабическая база китайского языка свелась примерно к 1300 единицам, которые, конечно же, в качестве отдельных слов не способны обслуживать лексическую систему какого-либо языка. Одним из естественных следствий этого явилась значительная омонимия моносиллабических единиц, которая "не позволяла вне контекста – речевого (текстового) или ситуативного – однозначно определить, что значит эта единица" (Солнцев, 1995, 72). Переход к многосложности в такой ситуации был единственно возможным выходом.

Итак, современный китайский язык является полисиллабичным, несмотря на глубоко укоренившееся во многих работах мнение об изолирующих языках как об односложных, аморфных, лишенных грамматических категорий и т.д. "Теория изолирующих языков медленно и с трудом преодолевает эти представления, хотя уже многие десятилетия не только специалисты по изолирующим языкам, но и общие языковеды высказываются против этих взглядов." (Солнцев, 1995, 338).

Основной фонетической единицей китайского языка является слог, причем границы слогов, как правило, являются одновременно границами морфем или слов. Иначе говоря, слогоделение в китайском языке морфологически значимо. Слоги имеют строго определенную структуру и количественно ограниченны. В составе слога разные классы звуков занимают фиксированные позиции, число согласных, встречающихся в конце слога, значительно меньше числа возможных начальных согласных. Если обратиться к истории развития китайской фонетической системы, то можно отметить тенденцию "постепенного упрощения консонантизма и усложнение системы гласных и тонов" (Яхонтов, 1990).

Китайский слог традиционно делится на две основных части: инициаль и финаль (слоговое окончание, рифма), данное деление используется со времен глубокой древности[9]. Современное китаеведение пользуется более дробным делением слога, при этом обычно из финали выделяют "дополнительные единицы – медиаль[10] и субфиналь. Субфиналь, в свою очередь, подразделяется на централь и терминаль" (Спешнев, 1980, 10). Термины, употребляемые исследователями других слоговых языков, например вьетнамского и бирманского, несколько отличаются от терминов, имеющихся в работе Н.А.

---

[9] Можно сослаться на огромное количество работ в отечественной китаистике (см., например, 國音及語言運用 吳金娥等編輯 台北 1993; 國音學 國立台灣師範大學國音教材編輯委員會編纂 台北 1993; 中國大百科全書: 語言 文字 梅益等編輯 北京 1988), однако автор в данной работе ссылается, в основном, на российских китаеведов, поскольку их изложение строится на той же теоретической базе, с позиций которой ведется традиционное описание русской фонетики.

[10] По определению Драгуновых, медиаль – это "неслоговые компоненты, предшествующие слоговому гласному и тем самым отделяющие его от начального согласного" (Драгуновы, 1955, 59).

Спешнева. Например, М.В. Гордина при описании вьетнамского языка пользуется термином "собственно финаль" вместо
"субфиналь" и "слогообразующий гласный" и "завершение"
вместо "централь" и "терминаль" (Гордина, 1984, 17). В. Б. Касевич, рассматривая особенности слога бирманского языка,
определяет конечный согласный как "постцентраль" (Касевич,
1968, 6).

Очевидно, что существование разных терминов не представляет трудностей для классификации элементов слога в
различных слоговых языках. Поэтому ниже приводится структура слога полного состава китайского языка в виде схемы из
книги Н.А. Спешнева "Фонетика китайского языка" (Спешнев,
1980).

**Рисунок 1.   *Структура слога полного состава китайского
языка***

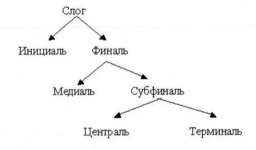

Если в качестве примера взять китайские слоги полного состава /suan¹/ и неполного /lan³/, то схема будет выглядеть следующим образом (Рисунок 1.2).

Рисунок 2.   *Примеры слогов полного и неполного состава китайского языка[11]*

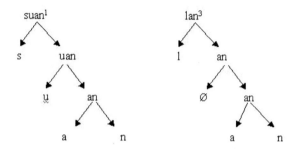

Итак, максимально китайский слог содержит четыре компонента, из которых только один (централь) является обязательным, поскольку представляет собой основной слогообразующий гласный и обладает способностью самостоятельно образовывать слог минимального состава, состоящий из одного тонированного гласного.

Инициаль (начальнослоговой согласный), медиаль (неслогообразующий гласный или начальный элемент дифтонга) и терминаль (конечнослоговой сонорный) могут как присут-

---

[11] В слоге неполного состава отсутствует медиаль.

ствовать в слоге в любой комбинации, так и полостью отсутствовать.

Отличием китайского слога от слога фонемных языков является фиксированность схемы его построения. Конечно-слоговые элементы не могут переходить в начально-слоговые, как это часто происходит в языках фонемного строя (ср.: *слон – сло/на*).

Компоненты китайского слога могут сочетаться только в строго определенной последовательности. Например, в китайском языке губные инициали несовместимы в рамках одного слога с финалями, начинающимися с губных гласных, кроме гласного /u/ (без сочетания с последующими звуками). Иначе говоря, возможен, например, слог /bu/, но недопустим слог /bua/. Заднеязычные согласные не сочетаются с /i/ и йотированными финалями. Согласный в китайском языке, как правило, не может быть произнесен без последующего гласного звука, исключение составляют сонорные /m/, /n/, /ŋ/, произносимые в современном разговорном языке под соответствующим тоном. Современному китайскому языку несвойственно стечение двух и более согласных в начале слога.

Слоги в китайском языке отличаются не только своим звуковым составом (согласными и гласными), но и тоном, или мелодией. Каждый слог произносится с той или иной мелодией (так называемым этимологическим тоном). В современном китайском литературном языке имеется четыре полных

тона, каждый из которых характеризуется совокупностью
присущих ему качеств, и один нейтральный (легкий) тон. Каждый из полных тонов китайского языка характеризуется
следующим набором признаков:

1) направлением движения основного тона

2) распределением интенсивности внутри тона

3) частотным диапазоном

4) высотой тона

5) долготой тона (временем звучания).

Тоны подразделяются на "ровный 平聲", "высокий 上聲",
"ниспадающий 去聲", "входящий 入聲".

Мелодический рисунок четырех тонов можно графиче-
ски изобразить следующим образом:

Рисунок 3. Тоны китайского языка

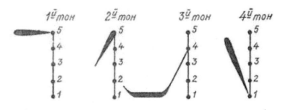

Вертикальная черта с цифрами 1-5 представляет собой
общепринятую шкалу, условно обозначающую общий диа-

пазон речевого голоса, охватывающий четыре тона (для мужского голоса этот диапазон простирается в среднем от 100 до 200 герц). Толстая черта условно обозначает форму тона, а различная толщина этой линии показывает распределение интенсивности внутри тона. Направление движения основного тона является наиболее существенным признаком тона.

Первый тон долгий, произносится ровным голосом, с равномерной интенсивностью и лишь некоторым ослаблением ее к концу (на русского слушателя такая мелодика производит впечатление незаконченного высказывания).

Мелодия второго тона – краткая, быстро восходящая, с максимумом интенсивности в конце слога (у носителей русского языка ассоциируется с интонацией переспроса).

Третий тон – характеризуется наибольшим временем звучания низкий, отличается нисходяще-восходящим контуром, с максимумом интенсивности при самой низкой частоте (производит впечатление эмоционально окрашенного недоуменного вопроса).

Четвертый тон – самый короткий, резко нисходящий. Падение тона сопровождается резким ослаблением интенсивности (в русском языке со сходной мелодикой произносятся приказы).

Один слог, произнесенный разными тонами, может обозначать абсолютно разные понятия. Например, (этот пример приводится в каждом учебнике китайского языка) слог "та, произнесенный четырьмя тонами, имеет четыре разных смысла: *ma* "мать", *ma* "конопля", *ma* "лошадь", *ma* "ругать". Таким образом, тон является особым фонологическим средством, позволяющим различать лексические (реже – грамматические) значения слов, что особенно важно из-за ограниченного количества сегментных звуковых единиц (напомним, что в китайском языке возможно чуть больше 400 слогов). Однако далеко не каждый звуковой состав слога представлен во всех четырех тонах. Лишь около половины общего количества слогов имеет по четыре тоновых варианта; несколько меньшее количество слогов имеет по три тоновых варианта; около 50 слогов представлены в двух тонах; а 25 слогов существуют только в одном тоне.

Поскольку каждый слог в китайском языке характеризуется определенным тоном, тон не является средством выделения отдельного слога в слове, что абсолютно четко разграничивает языковые функции тона и ударения, которое служит для выделения одного из слогов слова и средством противопоставления этого слога всем остальным, характеристики которых, к тому же, зависят от их положения по отношению к ударному слогу. Напротив, "зная тон одного слога, нельзя, в общем случае, определить тон другого слога (слогов)" (Касевич, 1977, 50).

Тональную систему китайского языка следует четко отграничивать от акцентной[12]. По поводу существования в китайском языке словесного ударения нет единого мнения. Сложное переплетение тональной и акцентной систем, отличное от индоевропейского морфологическое строение слова позволяет многим авторам делать вывод об отсутствии в китайском языке словесного ударения вообще (см., например, Румянцев, 1972). М.В. Гордина, анализируя типологически сходный с китайским вьетнамский язык, рассматривает ударение в слоговых языках как "меру полноты реализации тона" (Быстров, Гордина, 1984, 64). А с другой стороны, многие известные китаеведы (например, Н.А. Спешнев) не подвергают сомнению вопрос о наличии в современном китайском языке словесного ударения.

Вопрос о словесном ударении и его соотношении с китайской тональной системой непосредственно связан с проблемой характеризации слова в языке вообще и китайского слова в частности. Поэтому дальнейшее обсуждение этой проблемы мы продолжим в разделе, посвященному типологии слова в русском и китайском языках. Здесь же следует отметить, что авторы, признающие факт наличия в современном

---

[12] Хотя использование тона в качестве собственно выделительного средства встречается в ряде языков (например, в японском), в которых ударение соответственно квалифицируется как тоновое (или музыкальное).

китайском языке словесного ударения считают, что китайское ударение является по качественным характеристикам долготным (иначе говоря, квантитативным) и динамическим (Златоустова и др., 1997, 197). Кроме того, все исследователи отмечают, что ударность связана с отчетливостью звучания тона, который в безударных слогах полностью исчезает (по определению В.Б. Касевича, возникает "тональность" (Касевич, 1977, 9)). Отметим в этой связи, что степень проявленности тона может быть не собственно акцентной характеристикой, а исключительно следствием реализации качественных характеристик ударности/безударности (длительности и интенсивности), и тон в этом случае может по-прежнему рассматриваться как отдельная характеристика слога.

В структурном плане словесное ударение в китайском языке считается фиксированным, причем положение его зависит от количества слогов в слове (周殿福, 1985, 260). В двусложных слогах "сильный" (то есть ударный) слог может быть как первым, так и вторым, при этом первый безударный слог характеризуется как "средний" по напряженности. А второй безударный как "легкий". Итак, двусложная структура представлена двумя моделями[13]:

---

[13] Мы обсуждаем исключительно словесное ударение в отдельном слове. Известно, что перечисляемые модели могут видоизменяться в зависимости от интонационного контура высказывания. Например, модель 中 "средний" + 重 "сильный" в конце высказывания может превращаться в модель 重 "сильный" + 中 "средний"

- 重 "сильный" + 輕 "легкий"

Например: 豆腐 (*доуфу* – соевый творог), 石頭 (*камень*),

地下 (*на земле*)

- 中 "средний" + 重 "сильный"

Например: 白糖 (*сахар*), 學校 (*школа*), 電燈 (*лампа*)

В трехсложных и четырехсложных словах ударение падает на последний слог. В том, что касается распределения напряженности в предударных слогах, наблюдаются следующие закономерности. Трехсложная модель стабильна и выглядит следующим образом:

- 中 "средний" + 輕 "легкий" + 重 "сильный"

Например: 電視機 (*телевизор*), 火車頭 (*локомотив*),

展覽館 (*выставочное здание*)

+ 中 "средний" (См. 周殿福, 1985, 261). Подобная ситуация заставляет задуматься о правильности трактовки китайского словесного ударения как фиксированного. Однако дискуссия по этому вопросу требует специального исследования и не входит в задачи данного работы, поскольку объектом нашего изучения является изолированное слово.

Основная модель для четырехсложного слова выглядит следующим образом[14]:

- 中 "средний" + 輕 "легкий" + 中 "средний" + 重 "сильный"

Например: 自力更生 (*опора на собственные силы*)

Итак, из сказанного следует, что в китайском языке принято выделять два типа ударных слогов: сильноударные и слабоударные, а "легкий" слог рассматривается как безударный[15]. Известно, что среди языков со словесным ударением, возможно присутствие более чем одного ударения в слове (сильное – главное и подчиненное ему второстепенное). В этих случаях "единство акцентного слова, создаваемое главным ударением, не нарушается; с помощью второстепенного ударения создается лишь некоторое расчленение внутри единого смыслового и фонетического целого" (Маслов, 1998, 78). Примером может служить второстепенное ударение в сложных русских слова типа *снегоубо́рочный*, в которых наличие второстепенного ударения подтверждается не только акустическими характери-

---

[14] Следует отметить, что в четырехсложном слове возможны другие комбинации напряженности предударных слогов, это зависит от тональной характеристики слогов, структуры финали и даже от индивидуальных особенностей говорящего. Указанная модель приводится здесь как наиболее типичная.

[15] Именно такой терминологией пользуется, например, Н.А. Спешнев. См. Спешнев Н.А. Фонетика китайского языка.

стиками выделенных слогов, но и качеством гласного в слоге с
второстепенным ударением (/e/, в норме встречающееся только
в ударном слоге).

Что касается второстепенного ударения в китайском
языке, то, как нам кажется, так называемые слабоударные китайские слоги следует квалифицировать как безударные.
Во-первых, потому, что, как мы уже отмечали, наличие в них
тона можно рассматривать только как фонологическую ха-
рактеристику слога. А во-вторых, трактовка "средних 中" слогов как ударных делает неясной ситуацию с двусложными
структурами типа "средний 中" + "сильный 重", в которых в
таком случае отсутствует безударный слог.

Интересно отметить также, что в описаниях моделей
распределения китайского ударения в различных структурных
типах слов не упоминается односложная структура. Напра-
шивается вопрос о наличии/отсутствии ударения в односложных китайских словах. Понятно, что этимологический тон
в односложном китайском слове является полностью реали-
зованным, но свидетельствует ли это о наличии словесного
ударения в этом же слове? Трудно однозначно ответить на этот
вопрос, ведь тон – это характеристика слога, а не слова. Понятно, что в моносиллабическом языке нет необходимости в
словесном ударении, поэтому и существует широко распро-
страненное мнение, что тон и ударение несовместимы в одном

языке. В современном же китайском языке явным образом наметилась тенденция к полисиллабичности, поэтому, видимо, имеется и тон, и ударение, что следует считать свидетельством перехода китайского языка от тонального типа к ацентному. А если вернуться к проблеме словесного ударения в односложных китайских словах, то надо признать, что этот вопрос продолжает оставаться открытым и требует специального фонетического исследования.

§3
Некоторые особенности русской фонетической системы

Русский язык является языком фонемного типа, и основной единицей фонетического уровня в русском языке является фонема, звуковая единица потенциально связанная со смыслом, основной функцией которой является конститутивная (см. Щерба, Зиндер, Бондарко и др.). Минимальной значимой единицей русского языка является морфема, состоящая из фонем.

"Основным критерием для возможности расчленить слово является морфологический критерий: в слове имеются морфемы, т.е. значимые единицы языка, по протяженности совпадающие с фонемами *в-беж-а-л.* "Минимальность" фонемы как *линейной* единицы определяется именно тем, что внутри нее морфемная граница невозможна. Сам факт наличия в языке однофонемных морфем определяет принципиальную возможность сегментации на фонемы любой значимой единицы" (Бондарко, 1998, 11-12).

Всего русская фонетическая система использует 42 фонемы (6 гласных и 36 согласных), из которых может быть организовано практически бесконечное количество звуковых цепочек, служащих материальной оболочкой слов. Существует ряд правил, регулирующих сочетаемость фонем в русском языке, однако число таких ограничений невелико (например, в русском языке не сочетаются звонкие шумные согласные с глухими, а глухие со звонкими). Наиболее типичны для русского языка сочетания, включающие в свой состав согласный и гласный (СГ: *работа, собака*) или два согласных и гласный (ССГ: *слово, красота*). Несмотря на теоретическую свободу сочетаемости фонем, специальные исследования этого вопроса показывают, что далеко не все возможные сочетания фонем реализованы в языке даже в рамках сочетаний СГ и ССГ, но особенно ярко это проявляется в сложных фонемных последовательностях, к которым относят сочетания трех и более согласных с гласным. Например, в русском языке только 84 слова включают последовательности СССГ (*вплавь, ткнуть*), а последовательностей ССССГ всего 21 (*взглянуть*), количество подобных последовательностей с гласным в качестве первого элемента (*горсть, государств*) еще меньше в любом типе сочетаний. "Сочетания двух гласных в исконно русских словах встречаются лишь на стыке морфем, а внутри морфем – в заимствованных словах" (см. Бондарко, 1998, 161-168). Например: *поужинать, неуч, вуаль*.

Слог в русском языке выполняет функции, принципиально отличные от функций слога в китайском языке. Как и в любом другом фонемном (иначе говоря, неслоговом) языке, русский слог функционально не нагружен ни на фонологическом, ни на морфологическом уровне. Границы слога в рус-

ском языке подвижны и могут изменяться при словоизмене-
нии (*нос, но-са; курс, ку-рса*).

Таким образом, в русском языке слог является единицей
достаточно самостоятельной и независимой от собственно
языковых единиц. Границы слога могут совпадать, а могут и не
совпадать с границами морфемы. Морфема может быть од-
носложной (*кот/0*) и многосложной (*/со-ба-к/а*). Длина морфемы может быть как меньше (*/со-ба-к/**а***), так и больше
(*/со-ба-к/а*), чем длина слога. Иначе говоря, в неслоговых языках как морфемная граница может проходить внутри слога,
так и слоговая граница возможна внутри морфемы. В рамках
одного слога могут реализоваться несколько морфем (*ш/л/а*)
или даже несколько слов (*в_до-ме*).

Фонетическая сущность слога в фонемном языке связана с
артикуляционным аспектом, слог "выступает как минималь-
ная произносительная единица ... , некое неделимое с произ-
носительной точки зрения целое" (Маслов, 1998, 66). Произносительная неделимость слога предполагает, что минимально
возможные артикуляторные движения, связанные с реализа-
цией любой языковой единицы, представляют собой слог.
Однако тут важно отметить одну существенную деталь: в русском языке такими минимальными артикуляторными
единицами могут быть только открытые слоги (СГ, ССГ, СССГ,
ССССГ), которые являются цепочкой звуков, "которую объединяет какой-то общий признак: этот признак – общая арти-

куляторная программа, лежащая в основе произносительных движений во время образования слога. Иначе говоря, при произнесении первого согласного в слоге СГ наши артикуляционные органы уже "знают", какой будет гласный, а произнося гласный "помнят", какой был согласный" (Бондарко и др., 2000, 106). Иначе говоря, закрытые слоги в русском языке не являются минимальными произносительными единицами.

Отметим также, что существование закрытого слога можно обсуждать, в основном, применительно к изолированным словам (*дом*), в реальной речи при слитном произнесении конечный согласный присоединяется к последующему слову и так образуется типичная для русского языка речевая цепь (*дом стоит у моря: до-мсто-и- ту-мо-ря*); обоснованность такого членения подтверждается современными экспериментально-фонетическими исследованиями. Результатом этих исследований является вывод, что поток речи в русском языке членится на последовательность открытых слогов, даже если между гласными находятся сочетания согласных, причем независимо от качества этих согласных[15].

Слог изолированного русского слова может состоять из одной гласной или гласной и нескольких согласных (их число может доходить до шести: *всплеск*). Самыми распространен-

---

[15] См. например: Бондарко Л.В. Звуковой строй современного русского языка. М., 1977, с. 140; Зиндер Л.Р. Общая фонетика. М., 1979, с. 256; Матусевич М.И. Современный русский язык. М., 1976, с. 171.

ными типами слогов в русском языке являются слоги, состоящие из сочетания согласного с гласным или двух согласных с гласным.

Слоги могут состоять из разного количества звуков (*а, на, лак, смак, скрыть, всхрап, всплеск*). При этом последовательность звуков в слоге очень разнообразна. За гласным может следовать один или несколько согласных (*тот, пост, искр*), гласный может находиться после одного или группы согласных (*на, три, вдруг, всплеск*). По данным Л.В. Бондарко структура слога русского языка может быть представлена следующим образом (Бондарко, 1977, 123):

- Только гласный (*и, а, у*);
- Согласный + гласный (*та, мы*);
- Два или больше согласных + гласный (*сто, вне*);
- Гласный + согласный (*ад, ил*);
- Гласный + два или больше согласных (*иск, акр*);
- Возможны также и различные комбинации:
- Согласный + гласный + согласный (*тот, нам*);
- Два или больше согласных + гласный + согласный (*вздох, строй*);
- Согласный + гласный + два или больше согласных (*пост, шипр*) и т.д.

Из этих примеров видно, что в русском языке в одном слоге может присутствовать до 6 согласных, что недопустимо в

слогах китайского языка. Кроме того, подобная свобода сло-
гообразования ведет к тому, что количество слогов в русском
языке практически не ограничено.

Сегментные единицы русского языка (звуки и слоги)
служат строительным материалом для образования звуковой
оболочки морфем и слов, причем фонетическая организация
последних предполагает обязательное наличие словесного
ударения. Словесное ударение в русском языке является свободным, то есть может выделять любой из слогов слова. Существует ряд слов , в которых словесное ударение всегда связано с одним и тем же слогом, входящим в корневую морфему:
*кни́га, кни́гу, кни́ге, кни́гой, в(о) кни́ге; кни́ги, кни́г, кни́гам,
кни́гами, в(о) кни́гах*; ср. также *кни́жечка, кни́жный*. Такое ударение называется неподвижным. Однако во многих русских
словах при формообразовании ударение перемещается на
различные слоги, входящие в состав разных морфем: *сто́л,
стола́, столу́, столо́м, в (о) столе́; столы́, столо́в, стола́м, в (о)
стола́х*. И при подвижности, и при неподвижности ударного
слога "место ударения в словоформе зависит от ее морфемного
состава" (Маслов, 1998, 76).

"Словесное ударение объединяет звуки, образующие
облик слова, а если слово состоит более чем из одного слога, то
ударный слог связывает его в единое целое; ударный слог как
бы подчиняет себе безударные" (Зиндер, 1979, 258). Таким об-

разом, конститутивная функция присуща ударению всегда, в многосложных словах она дополняется, по определению Н.С. Трубецкого, вершинообразующей (кульминативной). Ударный слог представляет собой "вершину" слова, вокруг которой организуются остальные слоги, безударные. Так, например, характеристики гласных русского языка зависят от их положения по отношению к ударному слогу, о чем еще будет идти речь несколько ниже.

Русское ударение может, хотя это происходит довольно редко, служить для различения слов, в этой связи существует ряд немногочисленных, но широко известных примеров: *дáма – домá, мýка – мукá* и т.д. А вот при формообразовании роль словесного ударения весьма значительна, что обеспечивается разноместностью и часто встречающейся подвижностью русского ударения (Криворучко, 1968, 44-47, 73-76, 83-91). Рассмотрим несколько типичных примеров, демонстрирующих правила распределения ударения в разных формах существительных прилагательных и глаголов: *óкна – окнá, вóды – водьí, дýба – дубóв, бедá – бедьí – бéды, земляк – землякá, лéс – в лесý; мóлод – молодá, глубóкий – глубочáйший, свéжий – свежéе; вожý – вóзишь, брáли – бралá, накормúть – накóрмленный, éм – едúм* и т.д.).

И наконец скажем несколько слов о разграничительной функции, которую словесное ударение выполняет регулярно в языках с фиксированным ударением. Как пишет Л.В. Бондарко, "в русском языке о некотором участии ударения в разграничении слов мы можем говорить в тех редких случаях, когда во фразе слово кончается ударным слогом, а следующее за ним слово начинается с ударного, например: *сестра́ за́втракает, позови́ Ве́ру* и т.д." (Бондарко, 1998, 216).

Второстепенное ударение в русском языке "появляется лишь в более длинных сложных словах вроде *машинострои́тельный, североамерика́нский, электрокардиогра́мма* (на первых компонентах этих слов) и в более длинных словах с приставками *после-, противо-, архи-, анти-* и некоторыми другими (на этих приставках), например, *послеоперацио́нный, противотуберкулёзный, архиреакцио́нный, антиимпериалисти́ческий*. Впрочем, и в этих случаях второстепенное ударение может отсутствовать" (Маслов, 1998, 78).

Ударные слоги в русском языке, как показали современные исследования, прежде всего отличаются от безударных по длительности, то есть словесное ударение в русском языке является количественным (квантитативным), вопреки долго существовавшему мнению о его динамическом характере. В плане одноместности/разноместности словесное ударение в русском языке трудно охарактеризовать однозначно. В ряде слов ударение является одноместным, т.е. падает на один и тот же слог при любых изменениях слова (*сту́л, сту́ла, сту́лу, сту́лом, сту́ле; сту́лья* ...) и является постоянной характеристикой той морфемы, на слог которой оно падает. Однако многие весьма употребительные слова характеризуются разноместным (подвижным) ударением которое может перемещаться как в пределах основы, так и вне ее (*борода́, бороды́, бо́роду*...; *бо́роды, боро́д*...). Еще одной особенностью русского словесного ударения является то, что оно может стоять на любом из слогов слова, то есть является свободным. Однако, несмотря на то, что ударный слог в русском языке не связан ни с конкретной морфемой, ни с определенным слогом, существуют определенные тенденции акцентного оформления русского слова. Русское "ударение стремится как можно ближе к корню, с одной стороны, и как можно ближе к середине слова – с другой " (Бондарко, 1998, 216). Поэтому можно утверждать, что тяготение места ударения к центральной части является универсальным свойством русских слов.

Остановимся еще на одной особенности русского словесного ударения – яркой противопоставленности ударного слога всем остальным (безударным) слогам слова[16], затрагивающие прежде всего гласный элемент слога. Не все гласные русского языка в исконно русских словах могут употребляться в безударном слоге. Как известно, современная произноситель-

---

[16] Исходя из этого параметра, русское словесное ударение может быть охарактеризовано как сильноцентрализующее.

ная норма предполагает так называемые "аканье" и "иканье",
предполагающие запрет на употребление в безударных слогах
фонем /о/ и /е/. Кроме того, гласные безударных слогов, нахо-
дящиеся в разных позициях по отношению к месту ударения,
существенно отличаются друг от друга по своим фонетическим
свойствам. Эти различия проявляются в редукции безударных
гласных, которая, в зависимости от позиции безударного слога
по отношению к ударному, может быть выражена в той или
иной степени. В русистике вопрос о степенях редукции безударных гласных и, соответственно, о позициях по отношению
к ударению имеет давнюю традицию. Противопоставление
предударных и заударных, а также выделение первого предударного[17] в качестве отдельной позиции берет свое начало от
известной формулы А.А. Потебни (Потебня, 1865, 63) и в том
или ином виде присутствует в большинстве современных работ
по фонетике (Бондарко и др., 1966, 60-62; Баринова, 1971,
100-104; Вербицкая, 1966, 15). Вопрос о количестве этих позиций продолжает оставаться дискуссионным, однако, для целей
данного исследования представляется возможным ограни-
читься известным тезисом о том, что "в русском языке есть
противопоставление *любого предударного любому заудар-
ному*" (Бондарко, 1977, 156).

---

[17] Противопоставление первого предударного прочим преду-
дарным иногда подвергается сомнению, хотя и в этом случае оно
сохраняется для гласного /а/ (Бондарко, 1977, 155-156).

Протяженность русского слова в слогах и распределение ударных/безударных   слогов   формируют   акцент-но-ритмическую структуру русского слова, в которой слог обеспечивает фонетическое единство входящих в него фонем, а ударение формирует единство слова на звуковом уровне.

Отметим также, что фонетической цельнооформленностью в русском языке обладают все знаменательные слова, а также сочетания знаменательных слов со служебными, которые часто "не имеют ударения и вместе со знаменательным словом составляют фонетическое слово. *Фонетическое слово –
это либо одна словоформа, несущая на себе ударение, либо сочетание в потоке речи с соседней безударной словоформой (реже – с двумя безударными словоформами (Русская грамматика, 1982, I, 90)).* Безударные словоформы в этих случаях называются *клитиками.* Клитика, находящаяся перед ударной словоформой, называется *энклитикой,* а находящаяся после – *проклитикой.* На природу словесного ударения и качество ударных и безударных слогов клитики влияния не оказывают.

§4
Проблема слова в русском и китайском языках

В истории языкознания проблема определения слова как единицы языка и вопрос о выделении основных признаков слова всегда занимали важное место.

Щерба в одной из своих последних статей писал: " В самом деле, что такое слово? Мне думается, что в разных языках это будет по-разному. Из этого следует, что понятие слова вообще не существует" (Щерба, 1958, 9). Иначе освещает этот вопрос Смирницкий, который в своей статье "К вопросу о слове" писал, что "слово выступает не только как основная единица словарного состава, но и как центральная узловая единица вообще языка". При изложении материала о словах будем придерживаться именно этой точки зрения. В лингвистическом энциклопедическом словаре (ЛЭС, 1990) дается следующее определение понятия слова: "Слово - основная структурно-семантическая единица языка, служащая для именования предметов и их свойств, явлений, отношений действительности, обладающая совокупностью семантических, фонетических и грамматических признаков, специфичных для данного языка". Подобное определение слова является как бы надтипологическим, и применимо к любому языку. Однако конкретные свойства слов в языках различных типов варьиру-

ются необычайно широко. Более того, именно в сфере слова
наиболее полно выявляются типологические свойства любого
языка.

Слово любого языка имеет многоярусное строение и обладает рядом особенностей на каждом языковом уровне, а
конфигурация этих особенностей создает индивидуальный
типологический "портрет" языка. Говоря о многоярусности
слова, мы никоим образом не отрицаем единства слова, про-
являющегося во взаимосвязи смысловой, грамматической и
фонетической его сторон. Тем не менее, разграничение различных сторон слова в современной лингвистике является одним из самых распространенных и продуктивных методов его
исследования и описания. Анализ слова на фонетическом
уровне предполагает анализ явлений сегментного и суперсег-
ментного плана, используемых для реализации лекси-
ко-грамматических единиц.

На фонетическом уровне слово в любом языке является
цепочкой функционально нагруженных минимальных единиц
языка, потенциально связанных со смыслом. Как уже говорилось, в русском языке такими единицами являются фонемы, а в
китайском – тонированные слоги. "Фонетическая целостность
слова создается за счет специальных средств, наиболее рас-
пространенным из которых являются ударение, правила
употребления фонем в пределах слова (или правила построения слога в слоговых языках (*Примечание автора*)) и особые

свойства границ слова – его начала и конца" (Бондарко и др., 2000, 111).

Кроме того, существенной фонетической характеристикой слова в любом полисиллабичном языке является его акцентно-ритмическая структура, характеризующаяся наличием стержневого элемента – слога, маркированного ударением.

Как следует из вышесказанного, бросающаяся в глаза несхожесть русской и китайской фонетических систем, обусловленная наличием в этих языках типологически различных фонологических единиц, на уровне слова в определенной мере нивелируется. Иначе говоря, многосложное слово оказывается единицей более универсальной в звуковом отношении, поскольку в обоих языках оно организовано с помощью словесного ударения.

И хотя на этом, видимо, сходство заканчивается, нельзя не отметить, что применительно к существенным типологическим характеристикам слова, способ создания его цельнооформленности (в данном случае – ударение) является одной из типологически ведущих черт.

Обратимся теперь к различиям, которые можно обнаружить при сравнении других звуковых особенностей китайских и русских слов. Прежде всего, следует отметить, что "двусложные слова – это господствующая норма слова" в китайском языке (Солнцев, 1995, 152), а количество слогов в русском слове широко варьируется, причем количественные ха-

рактеристики слоговых структур могут коррелировать с частеречной принадлежностью слова[18]. Но чисто количественная
разница в слоговой длине, естественно, не основной критерий
различения русского и китайского слова. Если говорить о чисто
звуковом уровне, то главным отличием будет фиксированное
строение китайского слога, в противоположность произволь-
ности подбора звуков русского слога, ограниченного лишь
немногочисленными правилами употребления гласных и согласных фонем. Например, в русском ударном слоге употреб-
ляется любая из имеющихся в русском языке шести гласных
фонем (/a/, /o/, /i/, /e/, /u/, /ы/), в безударном же положении в
подавляющем большинстве русских слов возможны только
четыре гласные фонемы (/a/, /i/, /u/, /ы/). Употребление согласных связано либо с абсолютными запретами, либо со стати-
стическими характеристиками[19]. "Абсолютные запреты могут
быть такого рода: невозможны твердые согласные перед фонемой /ы/, невозможны глухие шумные перед звонкими
шумными и звонкие шумные перед глухими, невозможны
звонкие шумные в конце слова, невозможны заднеязычные

---

[18] Например, максимальная слоговая длина существительного — 8, а
наречия – 6 слогов. Самой частотной структурой для существительных является трехсложная, а не четырехсложная структура
(Рыжова, 1977, 16)

[19] Статистические ограничения, естественно, не носят категорически
запретительного характера. Например, губные мягкие крайне
редко встречаются перед фонемой /u/.

мягкие в той же позиции " (Бондарко, 1998, 40). Как уже ранее говорилось, в русском языке возможна крайне широкая сочетаемость в рамках слова как гласных, так и согласных, причем количество сочетающихся согласных может быть достаточно велико[20].

Напротив, употребление звуков в рамках китайского слога, а следовательно, и слова строго регламентировано. Сочетания согласных в инициалях практически невозможны, а значит, два согласных рядом могут оказаться только на стыке финали предшествующего слога и инициали последующего, то есть в сочетаниях согласных внутри слова в качестве первого элемента возможно только несколько сонантов. Что касается гласных, то, несмотря на то, что их сочетания в рамках финали вполне возможны, характер этого сочетания принципиально отличает китайский язык от русского: только один из гласных, входящих в сочетание является слогообразующим, в то время как в русском языке каждый из гласных, входящих в любое сочетание образует слог. Иначе говоря, для китайского языка нетипичны и сочетания согласных, и сочетания слогообразующих гласных, распространенные в русском языке.

Даже если признавать наличие в китайском языке словесного ударения, его несхожесть с русским словесным ударением полностью очевидна.

---

[20] См. § 3.

С точки зрения оформления ударных и безударных слогов, китайский и русский язык различаются весьма кардинально. Русское ударение присутствует во всех словах: как многосложных, так и односложных. В китайском языке вопрос об ударении в односложных словах, как уже обсуждалось, выглядит весьма проблематично. Китайское ударение является фиксированным и зависит от количества слогов в слове, русское ударение является свободным, его подвижность/неподвижность связана с морфологической структурой слова. В русском языке словесное ударение является сильноцентрализующим, в нем присутствуют правила редукции безударных слогов и противопоставленности слогов предударных слогам заударным, несвойственная китайскому языку. А в китайском языке, в свою очередь, наблюдаются отсутствующие в русском правила тонального оформления ударных и безударных слогов.

Перечисленные типологические свойства русского и китайского языков были использованы при проведении экспериментально-фонетического исследования, результаты которого будут изложены в последующих разделах.

§5
Материал и методика исследования

Как следует из сказанного в предыдущих разделах, основным объектом нашего внимания является слово и его особенности в русском и китайском языках. Исследование проводилось на материале русского языка, выступившего в качестве объекта восприятия для носителей китайского языка (в основном, студентов-тайваньцев), в разной степени владеющих русским языком.

Как следует из вышесказанного, данное исследование было проведено в рамках перцептивного направления в фонетических исследованиях. Целью перцептивной фонетики является определение того, какие звуковые свойства отрезков речевой цепи существенны для восприятия речи человеком. "Многочисленные исследования показывают, что существует два вида перцептивных характеристик: во-первых, особенности восприятия, общие для носителей всех языков; во-вторых, особенности, зависящие от конкретной системы определенного языка" (Бондарко и др., 2000, 94). Перцептивная фонетика стремится выявить универсальные и специфические перцептивные характеристики, присущие звукам человеческого языка вообще и звуковым единицам конкретных языков. В связи с этим особый интерес представляют перцептивные эксперименты в условиях межъязыковой интерференции. Как отмечает Л.В. Бондарко, "... перцептивный аспект фонетического описания, являясь необходимым звеном в характеристике свойств звукового сегмента, может быть, наиболее связан с функциональными свойствами звуковой единицы, обусловленными её социальной функцией" (Бондарко, 1991, 199). Изучение восприятия речи на неродном языке – это одно из важнейших направлений в современной фонетике, так как эти исследования помогают установить, какие свойства перцептивной обработки звуковых сообщений зависят от универсальных свойств психофизической и слуховой системы человека и свойств языка вообще, а какие – от фонологической системы родного языка и ее интерференционного взаимодействия с системой чужого языка.

Как известно, явления интерференции наблюдаются при взаимодействии "языковых систем в условиях двуязычия, складывающегося либо при языковых контактах, либо при индивидуальном освоении неродного языка" (ЛЭФ, 1990, 197), они выражаются в отклонениях от нормы при реализации и восприятии системы второго языка под влиянием родного, который и выступает в качестве источника интерференции. Естественно предположить, что на степень выраженности явлений интерференции могут оказать влияние два фактора: первым из которых является типологическая и генетическая удаленность контактирующих языков, а вторым – уровень владения билингвами вторичной языковой системой. Чем более типологически отдаленными будут взаимодействующие языковые системы и чем ниже уровень знания иностранного языка, тем больше явлений интерференции будет наблюдаться в речи билингвов.

Степень типологической и генетической несхожести китайского и русского языков уже подробно обсуждалась, поэтому в некоторых комментариев требует лишь вопрос о выборе испытуемых для проведения наших экспериментов. В экспериментах участвовали студенты, изучающие русский язык в Тамкангском университете и в Университете китайской культуры на Тайване, в разной степени владеющие русским языком. Понятно, что наибольший интерес вызывают результаты, полученные при исследовании ответов студентов первого курса, поскольку для них русская звуковая система является наименее усвоенной, а влияние родного китайского языка максимально сильным. Именно поэтому эксперимент с этой группой испытуемых является для нашего исследования основным, а его результаты – основным объектом внимания. Тем не менее, к экспериментам привлекались студенты разных курсов (первого, второго, третьего и четвертого), что преследовало две цели. Прежде всего предполагалось выяснить, какие элементы русской звуковой системы наиболее сильно подвержены интерференции со стороны китайского языка. Вторая цель имела сугубо практический характер, связанный с выявлением наиболее стабильных фонетических ошибок при восприятии русских слов нашими учащимися и, соответственно, перспективами совершенствования преподавания фонетики в китайской аудитории.

Кроме того, к экспериментам привлекались носители китайского языка, не владеющие ни одним из индоевропейских языков, поскольку сравнение их перцептивных возможностей по отношению к структуре русского слова с результатами лиц, характеризующихся китайско-русским двуязычием, представляет особый научный интерес.

Объектом восприятия в наших экспериментах были русские слова различной слоговой протяженности, включающие различные сочетания гласных и согласных и имеющие ударение на разных частях слова[21]. Иначе говоря, в центре нашего внимания находилась акцентно-ритмическая структура русского слова и проблемы ее восприятия носителями китайского языка, имеющего принципиально отличную от русской слоговую и просодическую организацию. Выбор объекта исследования обусловлен тем, что перцептивные характеристики слова напрямую связаны с его акцентно-ритмической структурой, поскольку современная перцептивная фонетика рассматривает слоги как основное средство не только порождения,

---

[21] Всего в материал исследования входит 280 слов. Подробно этот материал представлен в *Приложении*.

но и восприятия речи. Не менее важную роль при восприятии играет и ударение. По словам Л.В. Зиндера, "опознание слова в русском языке в большей мере зависит от правильного восприятия ударного слога".

Для эксперимента были отобраны одно-, двух-, трех- и четырехсложные слова[22], имеющие ударение на первом, втором, третьем и четвертом слоге[23] (Например: *весь, часы, молоко, богатыря*). В словоформах, имеющих постоянное ударение на флексии (типа *бык, кот*), естественным образом учитывалось реально существующее ударение (иначе говоря, ударение на основе), а не условное на так называемой нулевой флексии, выделять которое предлагает последняя русская грамматика (Русская грамматика, 1982, I, 93).

---

[22] Хотя русские слова могут содержать гораздо большее количество слогов, представляется неправильным брать более длинные слова, поскольку количество ошибок при их восприятии будет заведомо слишком большим. Учитывая тот факт, что средняя длина русского слова в слогах 2,5 (Бондарко 1998, 217), а максимальная длина китайского – 4, ограничение длины слова для проведения экспериментов с носителями китайского языка четырьмя слогами является наиболее целесообразным.

[23] При подготовке материала были использованы основные словари русского языка: *Грамматический словарь русского языка, Орфоэпический словарь русского языка, Словарь ударений для работников радио и телевидения*, а также специальные работы, связанные с этой темой (Елкина и др., 1964; Моисеев 1979; Никонов, 1963; Редькин, 1971; Стричек, 1966; Федянина, 1982; Чернышев, 1970 и др.).

В материале присутствуют несколько сочетаний безударных словоформ с ударными, составляющими одно фонетическое слово. В нашем случае все безударные словоформы являются проклитиками и представляют собой элементы междометий и отыменных предлогов (например: *к черту, в целях*).

С точки зрения лексического состава, материал может быть охарактеризован как достаточно малочастотный. По крайней мере, большая часть слов не входила в *лексический минимум* для студентов младших курсов. Весь материал был начитан нормативным русским диктором. В качестве отдельного стимула выступало слово, каждый стимул испытуемым предлагалось прослушать три раза. Результаты прослушивания испытуемые фиксировали в специальных анкетах, где им предлагалось указать количество слогов в прослушанном стимуле и определить место ударного слога.

Далее проводилась статистическая обработка материала, основным объектом внимания при которой являлось соотношение правильного и ошибочного процента опознания слоговой и акцентной структуры слов. Всего на каждом этапе исследования было получено и обработано 25200 стимулов[24].

---

[24] Эти стимулы были получены в результате прослушивания 280 русских слов, представленных в *Приложении*. При прослушивании каждый стимул звучал 3 раза, а каждому испытуемому предлагалась анкета, в которой напротив номера слова предлагалось

Статистическая обработка полученных материалов проводилась в соответствии с принятыми в фонетических исследованиях методами (см. Головин, 1971; Бровченко и др., 1976).

Наблюдение велось не только за чисто количественными показателями правильного/неправильного восприятия слова, но и за теми параметрами организации слова, которые могли, по мнению автора, оказать влияние на их опознание. Эти параметры были выделены на основе типологического несходства и особенностей фонетической структуры китайского и русского языков. Прежде всего к ним относилась слоговая длина слова, положение ударного слога, а также стечения гласных и согласных внутри слова.

Анализ корреляции между перечисленными параметрами и количеством ошибок при восприятии как отдельных слов, так и групп слов, организованных на базе этих параметров, позволила сделать ряд выводов лингвистического и лингво-методического характера, которые будут изложены после подробного описания анализа типов ошибок, совершенных при восприятии русских слов тайваньскими учащимися и носителями китайского языка, не владеющими русским языком.

предлагалось указать количество слогов в стимуле и номер ударного слога.

§6
Результаты восприятия слоговой структуры русских слов студентами первого курса

Первый самый общий вопрос, который может быть задан применительно к исследуемому материалу – это вопрос о том, что хуже опознается испытуемыми в русском слове: слоговая структура или место ударения. Для ответа на этот вопрос было проведено вычисление по медиане среднего количества ошибок, сделанных испытуемыми в каждом слове, независимо от конкретного консонантно-вокалического наполнения этого слова. Полученные результаты представлены на Рисунке 4.

Рисунок 4.   Среднее количество ошибок при восприятии ударения и слоговой структуры русских слов студентами первого курса

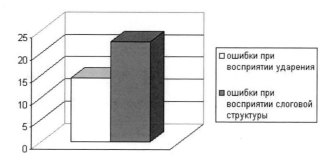

Как видно, картина складывается вполне очевидная: студенты первого курса значительно лучше определяют место ударения в слове (среднее количество ошибок 12,1 на слово), чем количество слогов в слове (среднее количество ошибок 22,2 на слово).

Полученный результат явным образом свидетельствует о том, что типологические различия в оформлении китайского и русского слогов играют более существенную роль при восприятии русских слов тайваньскими студентами, чем разница в звуковом оформлении ударности/безударности.

Рассмотрим далее проблемы восприятия слоговой структуры слов и ударения более подробно.

Начнем со слоговой структуры, поскольку эта характеристика оказалась для тайваньских учащихся более трудной. Напомним, что основным отличием русского слова от китайского на сегментном уровне является большая длина слова в слогах и свободная слоговая структура, допускающая стечение в рамках слога групп согласных, а в рамках слова – соседство слогообразующих гласных. Чтобы увидеть, как данные параметры влияют на восприятие количества слогов в слове, материал исследования был подобран таким образом, чтобы в нем встречались различные сочетания согласных и гласных, а также необычное для китайского слова завершение слова согласным.

Поэтому сначала было проанализировано, как соотносятся количество ошибок при восприятии слова и его слоговая длина. Оказалось (см. Рисунок 5 и Таблицу 1), что наименьшее количество ошибок вызывают двусложные слова (9%), наибольшее – четырехсложные (23%).

Рисунок 5. *Слоговая длина слова и количество ошибок при ее восприятии*

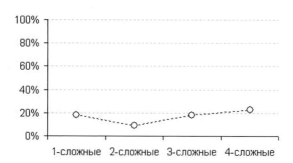

Тот факт, что с возрастанием длины слова в слогах возрастает количество ошибок, удивления не вызывает, все-таки для китайского языка до сих пор многосложные слова нетипичны. Интереса заслуживает ситуация с односложными русскими словами (типа *весь, пьют, люкс*), количество ошибок при восприятии которых равно количеству ошибок при восприятии трехсложных слов (и в том, и в другом случае – 18%). Впрочем, и это явление легко поддается объяснению. Односложные слова, содержащиеся в материале, все заканчивались согласным или сочетанием согласных, а следовательно, исходя из языкового сознания носителей китайского языка, не могли

быть квалифицированы как односложные, поскольку эти согласные как бы должны были задавать новую инициаль, а
значит – и новый слог. Учитывая то, что многие фонетисты
отмечают невозможность произнесения согласного без последующего гласного призвука, трактовка односложных русских
слов как двусложных тайваньскими испытуемыми вполне
закономерна.

Закончив анализ общего количества ошибок при восприятии русских слов в словах разной длины, обратимся теперь к вопросу о том, какие именно ошибки делали тайвань-
ские учащиеся, какие тенденции тут проявляются и с чем они
могут быть связаны.

Для начала посмотрим, что происходит чаще: ошибочное удлинение или, наоборот, укорачивание слоговой длины
при восприятии.

Анализ нашего материала показывает, что при восприятии русских слов испытуемые делали следующие ошибки:
прослушиваемые слова воспринимались как на 1-2 слога ко-
роче реальной длины, так и на 1-2 слога длиннее. Распределение этих типов ошибок демонстрирует Рисунок 6.

Рисунок 6. Распределение типов ошибок, связанных с увеличением/уменьшением слоговой длины при восприятии русских слов

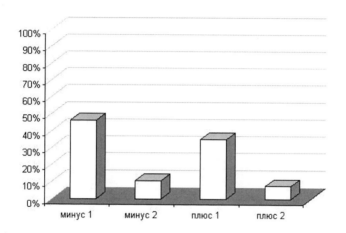

Итак, мы видим, что самой частой ошибкой является уменьшение реальной длины слова на один слог (на Рисунке 6 данное явление помечено подписью *"минус 1"*), достаточно большой процент ошибок связан с увеличением длины слова на один слог (*"плюс 1"*). Ошибка на два слога как в одну, так и в другую сторону (*"минус 2"*, *"плюс 2"*) встречаются значительно реже.

В целом, можно отметить, что носители китайского языка склонны преуменьшать слоговую длину русских слов, что связано с нетипичностью многосложности для китайского языка. Указанная тенденция в обобщенном виде отображена на Рисунке 7.

*Рисунок 7.   Общая тенденция увеличения/уменьшения слого-
вой длины русских слов при восприятии*

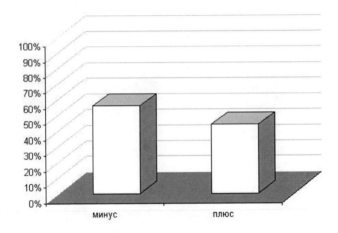

Конкретные типы ошибок, связанные со слоговой длиной

слова размещены в Таблице 1.

**Таблица 1. Типы ошибок при восприятии слоговой длины в
словах различного типа**

Типы слов	Типы ошибок	Общее количество ошибок	Распределение типов ошибок внутри группы
односложные		18%	
	3 слога вместо 1		1,1%
	2 слога вместо 1		98,9%
двусложные		9%	
	4 слога вместо 2		1,4%
	1слог вместо 2		7,3%
	3 слога вместо 2		91,3%
трехсложные		18%	
	1 слог вместо 3		5,6 %
	4 слога вместо 3		8,1%
	2 слога вместо 3		86,3%
четырехсложные		23%	
	5 слогов вместо 4		0,1%
	2 слога вместо 4		8%
	3 слога вместо 4		91,9%

Анализируя таблицу, можно заметить, что для каждого типа слов (односложных, двусложных, трехсложных и четырехсложных) только определенный тип ошибки является преобладающим. Односложные слова (например, *пьют, весь, вьют*) в 98,9% случаев воспринимаются как двусложные, двусложные (например: *клоун, дворец, благо*) – как трехсложные (91,3%), трехсложные (например: *грузовик, вариант, расцепит*) – как двусложные (86,3%), а четырехсложные (например: *яичница, недоумок, самоучка*) – как трехсложные (91,9%).

Объяснение полученных данных требует привлечения дополнительных параметров, связанных с конкретным наполнением консонантно-вокалической структуры слова. Для введения новых параметров анализа все слова, входящие в материал исследования, были организованы в 19 групп, в одну из которых входили слова, состоящие из одинаковых слогов, включающих согласный и гласный звуки (например: *тема, собака, молодежи*), две группы состояли из слов, в которых рядом находятся гласные, в одной группе в последовательности ударный-безударный гласный (например: *заяц, шоу, такие*), в другой – в последовательности безударный-ударный гласный (например: *нюанс, наука, теория*), оставшиеся группы включали сочетания согласных: смычный плюс смычный (например: *птица, папка, фрукты*), смычный плюс щелевой (например: *псина, кстати, творец*), смычный плюс сонант (например: *благо, проход, отмена*), смычный плюс аффриката (например: *пчела, копчик, к черту*), щелевой плюс смычный (например: *студент, подушка, повтор*), щелевой плюс щелевой (например: *взяток, свеча, швырок*), щелевой плюс сонант (например: *снова, масло, дорожный*), щелевой плюс аффриката (например: *вчера, сценарий, вчитаться*), сонант плюс смычный (например: *лампа, долго, зеркало*), сонант плюс щелевой (например: *молва, орсина, персонал*), сонант плюс сонант (например: *много, горло, полмира*), сонант плюс аффриката (например: *борца, помчаться, перчаток*), аффриката плюс смычный (например: *речка, чтица, па-*

почка), аффриката плюс щелевой (например: **цветок, чванна, чхала**), аффриката плюс сонант (например: **лично, точно, чмокаться**). Последнюю группу составили слова с мягким согласным в абсолютном исходе слова.

Для удобства дальнейшего изложения перечисленным группам были присвоены номера:

- слова, включающие последовательности
согласный + гласный – группа № 1

- слова, включающие последовательности
ударный гласный + безударный гласный – группа № 2

- слова, включающие последовательности
безударный гласный + ударный гласный – группа № 3

- слова, включающие последовательности
смычный + смычный – группа № 4

- слова, включающие последовательности
смычный + щелевой – группа № 5

- слова, включающие последовательности
смычный + аффриката – группа № 6

- слова, включающие последовательности
смычный + сонант – группа № 7

- слова, включающие последовательности
щелевой + щелевой – группа № 8

- слова, включающие последовательности
щелевой + смычный – группа № 9

- слова, включающие последовательности

щелевой + аффриката – группа № 10

- слова, включающие последовательности

щелевой + сонант – группа № 11

- слова, включающие последовательности

аффриката + смычный – группа № 12

- слова, включающие последовательности

аффриката + щелевой – группа № 13

- слова, включающие последовательности

аффриката + сонант – группа № 14

- слова, включающие последовательности

сонант + сонант – группа № 15

- слова, включающие последовательности

сонант + смычный – группа № 16

- слова, включающие последовательности

сонант + щелевой – группа № 17

- слова, включающие последовательности

сонант + аффриката – группа № 18

слова с мягким согласным в конце слова – группа № 19

Попытка выявить взаимосвязь непосредственно между перечисленными группами и восприятием слов, входящих в группу, позволила выявить самые проблематичные в плане восприятия группы слов. Этими словами оказались стимулы из 15 (*сонант + сонант*), 16 (*сонант + смычный*), 17 (*сонант + щелевой*) и 18 (*сонант + аффриката*) групп (см. Рисунок 8).

Рисунок 8. *Зависимость между количеством ошибок при восприятии слов и отнесенностью слова к отдельной группе*

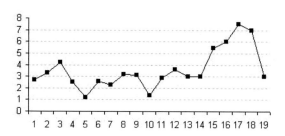

Таким образом, выясняется, что самым неприемлемым для испытуемых в плане восприятия является русское слово, содержащее слог с сочетанием согласных, первым элементом в котором выступает сонант, причем качество второго согласного может быть любым (смычным, щелевым, аффрикатой или вторым сонантом). Данная ситуация, по всей видимости, объясняется тем, что в китайском языке сонорный согласный без последующего гласного (медиали или централи) возможен и встречается в двух случаях. В первом (классическом) случае он является терминалью, а следовательно, последующий согласный может только открывать новый слог. В другом случае тонированный сонант может являться отдельным самостоятельным слогом. Данное явление свойственно современному разговорному китайскому языку, хотя и нарушает традиционную структуру китайского слога (см., например, Концевич,

2002, 29). Но в любом случае получается, что согласный после сонанта возможен, и его присутствие сигнализирует о том, что следующий согласный будет началом нового слога. Видимо, в результате у испытуемых возникают определенные параллели с китайской системой, ведущие к увеличению ошибок при восприятии слоговой структуры русских слов. Другие сочетания согласных в китайском языке невозможны, следовательно, они воспринимаются как полностью иноязычный элемент и, что интересно, вызывают меньшее количество перцептивных ошибок.

Лучше всего воспринимались слова из пятой группы, в которые входили сочетания смычного со щелевым (например: *отжим, люкс*), что вполне может быть связано с восприятием таких сочетаний как аффрикат, которые как класс звуков вполне допустимы в качестве инициалей китайского языка.

Обратим также внимание на заметное количество ошибок при восприятии слов, содержащих сочетание ГГ' (третья группа слов), в отличие от более правильного опознания стимулов с сочетанием Г'Г (вторая группа слов). Разница в их восприятии явным образом связана не просто со слоговой структурой и ее конкретным звуковым наполнением, но и с особенностями акцентной организации слов. Поэтому более детальный анализ этого явления будет предпринят ниже, в разделе, посвященном проблеме восприятия носителями китайского языка русского словесного ударения (§ 7).

§7
Результаты восприятия русского словесного ударения студентами первого курса

После того, как мы рассмотрели структурные особенности русских слов, вызывающие, на наш взгляд, основные проблемы у носителей китайского языка при восприятии ими слоговой структуры, попробуем проанализировать, чем могут быть обусловлены перцептивные ошибки, связанные с определением места ударения.

Понятно, что ошибки при определении места ударения могут быть связаны с протяженностью слова в слогах, а также с местом ударного слога. Результаты обработки нашего материала с точки зрения указанных параметров представлены на Рисунках 9 и 10[25].

---

[25] Здесь и далее отсутствуют данные по односложным словам, так как ударение в этих словах всегда опознавалось правильно.

Рисунок 9.   *Зависимость между средним количеством ошибок*
при восприятии места ударения и длиной слова в
слогах

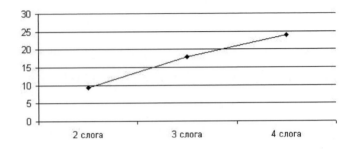

Рисунок 10. *Зависимость между средним количеством ошибок*
при восприятии ударения и местом ударения в
слове

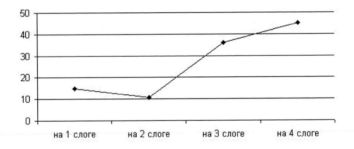

Рисунок 9 показывает, что, чем длиннее слова, тем больше перцептивных ошибок возникает при определении в нем места ударения. Впрочем, такой вывод не удивителен и , можно сказать, буквально лежит на поверхности. Многосложные слова и сами по себе труднее в перцептивном отношении, а увеличение количества слогов предоставляет больше

возможностей для ошибочного определения места ударного слога.

Значительно более интересная информация может быть получена на основе Рисунка 10. Оказывается, что ударный слог лучше определяется испытуемыми в тех случаях, когда ударение располагается на начальных слогах слова (первом или втором). Более того, правильнее всего опознаются слова, имеющие ударение на втором слоге (например: *собака, газета, высокого*).

В нашем материале содержатся русские слова со следующими акцентно-ритмическими структурами: односложная структура ($\acute{\_}$ например, *весь*), двусложная структура с ударением на первом слоге ($\acute{\_}$ _ например: *мама*), двусложная структура с ударением на втором слоге (_ $\acute{\_}$ например: *кино*), трехсложная структура с ударением на первом слоге ($\acute{\_}$ _ _ например: *музыка*), трехсложная структура с ударением на втором слоге (_ $\acute{\_}$ _ например: *ворона*), трехсложная структура с ударением на третьем слоге (_ _ $\acute{\_}$ например: *голова*), четырехсложная структура с ударением на первом слоге ($\acute{\_}$ _ _ _ например: *тетерева*), четырехсложная структура с ударением на втором слоге (_ $\acute{\_}$ _ _ например: *политика*), четырехсложная структура с ударением на третьем слоге (_ _ $\acute{\_}$ _ например: *самолеты*), четырехсложная структура с ударением на четвертом слоге (_ _ _ $\acute{\_}$ например: *богатыря*).

Среднее количество ошибок при восприятии места ударного слога носителями китайского языка отражено на

Рисунке 11, на котором по горизонтальной оси перечислены анализируемые акцентно-ритмические структуры, а на графике при помощи прямоугольника выделены те из них, которые имеют соответствия в китайском языке.

Рисунок 11. **Количество ошибок при восприятии ударения и акцентно-ритмическая структура слова**

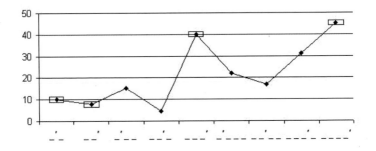

Помимо уже обсуждавшейся выше взаимосвязи между увеличением длины слова и ростом количества акцентных ошибок при восприятии, данный рисунок наглядно демонстрирует, что в трех- и четырехсложных структурах сравнительно неплохо опознаются слова с ударением на начальных слогах слова (среднее количество ошибок колеблется от 4,7 до 21,1), расположение ударного слога в конце слова дает бурный рост неправильного восприятия (среднее количество ошибок в трехсложных структурах – 39,9; в четырехсложных – 45,2), ударение на предпоследнем слоге в четырехсложной структуре тоже опознается плохо (среднее количество ошибок – 30,5).

Лучше всего носители китайского языка опознают двусложные структуры (показатель 10,0 при ударении на первом слоге; 7,8 при ударении на втором) и, что несколько неожиданно, трехсложные структуры с ударением на втором слоге (показатель 4,7).

Попробуем проанализировать подробнее эту ситуацию. Первый вопрос, который возникает, это вопрос о том, почему так резко возрастает количество ошибок в структурах, возможных в китайском языке (речь идет о трех- и четырехсложных структурах с ударением на последнем слоге). Как нам кажется, здесь можно назвать несколько связанных причин, одна из которых коренится скорее в области психолингвистики, другая опирается на универсальные динамические особенности реализации слов вообще, а последняя связана с типологическим несходством китайской и русской языковых систем, причем не только в области фонетики.

Начнем с первой. Р. Якобсон как-то выдвинул очевидный на первый взгляд тезис: "Говорящие сравнивают языки" (Якобсон, 1963, 95). Сказанное подразумевает, что любые носители языка способны осознавать, что их родной язык всегда чем-либо отличается от любого другого языка. Следствие этого при восприятии речи могут быть весьма разнообразными. Например, "чехи, слушая русскую речь, убеждены, что слова в ней имеют постоянное ударение на предпоследнем слоге" (Якобсон, 1985, 104), между тем, в самом чешском языке ударение фиксировано на начальном слоге слова. Откуда же у них такое впечатление? Объяснение, видимо, может выглядеть следующим образом: носители чешского языка осознают, что русская акцентная система отличается от их собственной, это затрудняет для них восприятие ударности первого слога русского слова, а давление собственной фонологической системы не позволяет предположить, что ударение может быть свободным. В результате чехи ошибочно фиксируют ударение во всех русских словах на предпоследнем слоге. Думается, что в нашем случае с восприятием трех- и четырехсложных структур имеет место сходное явление. С одной стороны, китайские трех- и четырехсложные слова имеют ударение именно на последнем слоге, а с другой стороны, прослушиваемые слова имеют столько иных системных отличий, что именно в них правильное восприятие ударения оказывается наиболее проблематичным[26].

Как уже говорилось, трудность восприятия многосложных слов для носителей китайского языка кроется не только в фонетике. Не следует забывать о том, что и с лексико-грамматической точки зрения многосложность в русском и китайском языках имеют абсолютно разную природу. Много-

---

[26] Перечисленные факты явно опровергают мнение М.Т. Дьячка, утверждающего, что носители языков с фиксированным ударением "как правило, допускают стандартную ошибку, заменяя исконное ударение в этих словах ударением, свойственным их родному языку" (Дьячок, 2002, 17).

сложность (или полисиллабизм) китайского языка "иной природы, чем полисиллабизм языков индоевропейских и алтайских; полисиллабизм последних есть следствие полисиллабизма корневых элементов, в то время как полисиллабизм рассматриваемых языков – результат складывания корневых слов-моносиллабов в слова-полисиллабы" (Солнцев, 1970, 11). В результате каждый слоговой элемент многосложного китайского слова является значимым, что не находит соответствия в русском языке, многосложные слова которого рассматриваются, поэтому носителями китайского языка как бессмысленный набор звуков. И чем длиннее эта "бессмысленная" цепочка, тем труднее она воспринимается (ср. общие показатели по двух- и четырехсложным структурам на Рисунке 11). С этой же причиной, а не просто с динамической проясненностью начала слова[27], связана, на наш взгляд, и относительно неплохая идентификация ударения на начальных слогах слова, которое, по нашим данным, в случае более чем двуслоговости может быть неверно распознано по количественно-слоговому параметру, но ударение носители китайского языка успевают воспринять правильно.

Обратимся теперь к структурам, перцепция которых не вызвала особых затруднений у наших испытуемых. К ним относятся двусложные слова (например: *часы, кино, поля*) и трех-

---

[27] Подробнее об этом см. ниже.

сложная структура с ударением на втором слоге (например: *палата, газета, дорога*). Что касается двусложных слов, то тут, по всей видимости, нет необходимости повторяться и объяснять, почему эти структуры воспринимаются достаточно хорошо. Можно лишь отметить, что как бы хорошо они ни воспринимались, показатели по этим структурам ниже, чем по трехсложной структуре с ударением на втором слоге. Напомним также, что похожие двусложные структуры присутствуют в китайском языке, а названная трехсложная нет. Исключительное положение этой структуры, с нашей точки зрения, объясняется тем фактом, что для носителей китайского языка, имеющих базовые представления о русском языке (а именно таковыми и были участники нашего эксперимента) она является олицетворением идеальной модели русского слова. И первым фактом, доказывающим это предположение, является удивительно хороший показатель по ее опознанию. К доказательствам другого рода мы еще вернемся в процессе дальнейшего изложения, а пока перейдем к рассмотрению конкретных ошибок, совершенных нашими испытуемыми при проведении эксперимента по восприятию русского ударения.

Наши результаты показывают, что при определении места ударения в слове испытуемые совершали разнообразные ошибки, однако анализ неправильных ответов позволяет наметить несколько основных тенденций. Во-первых, оказалось, что перенос ударения на предударный слог происходит, чаще,

чем на заударный (см. Рисунок 12.1[28]), данный результат под-
тверждает уже подмеченную закономерность большей перцептивной расплывчатости конечных слогов слова в сравнении
с начальными и прекрасно ложится на системно значимые
свойства русской звуковой системы, в которой выражена про-
тивопоставленность предударных и заударных слогов, причем
редукция заударных слогов выражена значительно сильнее.
Кроме того, все заударные слоги находятся в более невыгодном
фонетическом положении, чем предударные, поскольку "начало слова произносится всегда громче, чем его завершение, то
есть динамические характеристики слова характеризуются
ослаблением в заударных слогах" (Бондарко, 1998, 222).

***Рисунок 12.1. Ошибочный перенос ударения при восприятии
русских слов***

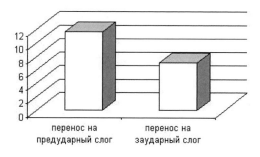

---

[28] По вертикальной оси на Рисунках 12.1 и 12.2 указано среднее
количество ошибок.

Любопытно отметить, что отдельно произведенные подсчеты показали, что перенос ударения на первый предударный слог происходит в два раза чаще, чем на второй предударный (полученные показатели среднего количества ошибок составляют 12,8 и 6,4). Особая роль первого предударного слога в организации просодии русского слова обсуждается со времен Потебни, в большинстве русских слов этот слог в наименьшей мере подвергается редукции, поэтому нет ничего странного в том, что носители китайского языка столь часто трактуют его как ударный.

Еще один тип ошибочного переноса ударения при восприятии русских слов представлен на Рисунке 12.2, на котором обобщены данные по направлению переноса ударения (с внутренних слогов слова на начальные и конечные, и наоборот). Как видим, полученный результат демонстрирует, что наши испытуемые пытаются и здесь реализовать реально существующее свойство русского ударения – а именно, его тяготение к центральной части слова. Важно отметить, что в данном случае обсуждаемый результат никак не может объясняться ни влиянием китайской фонетической системы, ни универсальными свойствами речепроизводства и восприятия. Этот результат опять-таки наводит на мысль о существовании у тайваньских учащихся даже первого курса представления об определенных законах построения русского слова, абсолютизация которых приводит их к ошибочному восприятию.

Рисунок 12.2. Ошибочный перенос ударения при восприятии русских слов

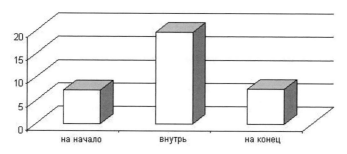

Подробно распределение среднего количества ошибок по типам отражено на Рисунке 13. Из рисунка видно, что самое большое количество ошибок приходится на перенос ударения с третьего слога на второй (средний показатель 32,3). Достаточно часто возникают переносы с первого на второй слог и со второго на первый (показатели 9, 8 и 10,2). Что касается оставшихся случаев, то можно сказать, что ошибки в них немногочисленны.

Рисунок 13. Типы ошибок при восприятии русского ударения

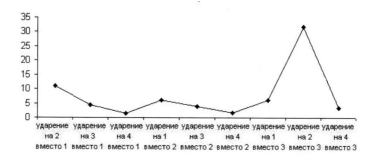

Однако данный результат недостаточно информативен вне сведений о том, в структурах какой протяженности наблюдаются рассмотренные типы ошибок. Поскольку на данном этапе исследования мы уже знали о том, что ударение в двусложных структурах опознается достаточно хорошо, мы проверили представленность зафиксированных типов ошибок в трех- и четырехсложных структурах. Результаты оказались вполне предсказуемыми. Действительно, все типы названных выше ошибок (включая переносы ударения с первого на второй слог и наоборот) в 90% случаев затрагивают трех- и четырехсложных структуры. Колебания количества ошибок в этих двух структурах незначительны.

Итак, теперь нам известно, что в трех- и четырехсложных структурах при восприятии слов носители китайского языка постоянно переносят место ударения на второй слог (этот перенос осуществляется с первого и (чаще) с третьего слога (см. Рисунок 13). Это явление требует еще одного уточнения: как при этом воспринимается слоговая структура этих слов – правильно или неправильно? И каким слогом по счету с точки зрения испытуемых является тот слог, который мы, исходя из реальной слоговой структуры русских слов, рассматриваем как второй?

Для ответа на эти вопросы вернемся в §6 и еще раз проанализируем Таблицу 1. На основе данных, представленных в таблице, можно утверждать, что большая часть двусложных

(91,3%) и четырехсложных (91,8%) слов воспринимается как трехсложные. Есть, правда, еще один момент, на который нельзя не обращать внимание. Достаточно заметное количество трехсложных слов идентифицировались испытуемыми как двусложные (86,3%). Чтобы проверить, слов какого типа, с точки зрения участников эксперимента, в результате оказалось больше, мы произвели соответствующие подсчеты, результаты которых можно увидеть на Рисунке 14.

Рисунок 14. *Количество слов разной слоговой структуры в материале и при восприятии*

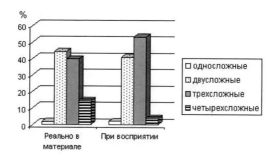

Как следует из диаграмм на Рисунке 14, подавляющее большинство слов при прослушивании испытуемые считали трехсложными. Их количество по результатам восприятия, по сравнению с их реальным содержанием в нашем материале возросло почти на 14%. Такая ситуация сложилась за счет неверного восприятия двух- и четырехсложных структур. Как мы выяснили, двусложные структуры воспринимаются хорошо, и по слоговой длине, и по месту ударного слога. Однако при их восприятии все-таки встречаются ошибки (см. Таблицу 1), которые, в основном, сводятся к увеличению их слоговой длины до трех. Этот факт вступает в некоторое противоречие с выявленной общей тенденцией к уменьшению реальной слоговой длины слов при их восприятии тайваньскими учащимися. Для объяснения сущности этого явления, объединим эти данные с информацией о типичных ошибках при восприятии ударения (Рисунок 13) и об особенностях восприятия акцентно-ритмических структур вообще.

Итак, нам известно, что лучше всего воспринимается трехсложная структура с ударением на втором слоге (Рисунок 11), большая часть русских слов, имеющихся в нашем материале, расценивается испытуемыми как трехсложные (Рисунок 14), а самой типичной ошибкой при восприятии места ударения является перенос ударения на второй слог в слове (Рисунок 13). И все это опять возвращает нас к гипотезе, что идеальная модель русского слова выглядит для носителей китайского языка, имеющих общее представление о русском языке, как трехсложная акцентно-ритмическая структура с ударением на втором слоге.

Последнее, что нам предстояло выяснить в рамках этого эксперимента, существует ли взаимосвязь между консонантно-вокалической структурой слова и особенностями восприятия словесного ударения. Для этой цели мы вычислили корреляцию между особенностями перечисленных в §6 групп слов, содержащих различные консонантно-вокалические последовательности и процентом ошибочного опознания в этих словах словесного ударения.

Сразу же выяснилось, что самый высокий показатель получила группа, содержащая сочетания гласных, в которых ударным выступал второй гласный элемент (например: *вариант, теория, атеист*). Распределение ошибок по всем остальным группам оказалось меньшим и при этом весьма равномерным, поэтому мы обобщили все слоги с консонантными сочетаниями в одну группу. Полученное распределение представлено на Рисунке 15[29], который показывает, что показатель среднего количества ошибок в словах, содержащих структуры СГ (например: *мама, молоко, родители*), СГ'Г (например: *пауза, сухие, прямые*) и ССГ (например: *скала, блокада, бабочка*) колеблется от 8,7 до 8,9, слова, в которых встречается стечение гласных, из которых второй является ударным (например: *идиот, теория, проект*), опознаются гораздо хуже (показатель ошибочного восприятия 20,1).

---

[29] Слова, имеющие мягкий согласный в абсолютном конце слова (19 группа) не учитывались, конечный согласный не влияет на акцентную структуру слова.

**Рисунок 15. Взаимосвязь между консонантно-вокалической
структурой слова и количеством ошибок при
восприятии русского словесного ударения**

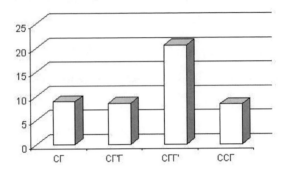

Этот результат показался нам необычным, так как было неясно, почему соединение ударного гласного с безударным внутри слова не оказывает заметного влияния на восприятие, а сочетание безударного гласного с ударным оказывается столь значимым.

Поэтому мы решили посмотреть, в каких конкретных ошибках выразились перцептивные затруднения наших испытуемых в данном случае. Анализ ошибок на восприятие каждой единицы, входящей в группу с сочетаниями СГ', выявил интересный факт: оказалось, что распределение ошибок в этой группе достаточно необычно и отличает эту группу от остальных: в 86,4% случаев ударение переносится на предударный слог (то есть на первый гласный). Мы проверили также, как выглядит эта ситуация в словах с сочетанием СГ'Г и выяснили, что перенос ударения на последующий слог происходит лишь в 32% случаев и в этом плане группа слов с сочетанием СГ'Г ничем не отличается от групп с СГ и ССГ.

Дополнительный анализ ошибок на восприятие слоговой структуры слов с сочетанием СГГ' показал, что в этих словах наблюдается крайне высокий процент уменьшения слоговой длины (уменьшение слоговой длины вообще происходит в 96,2% случаев, уменьшение длины слова только на один слог – в 80,3%)[30]. Сопоставив полученные данные, мы пришли к выводу, что речь здесь должна идти не о переносе ударения на предшествующий слог, а о восприятии сочетания ГГ' как элемента одного слога. И это вполне объяснимо, ведь в китайском слоге часто встречается сочетание двух гласных, первый из которых является неслогообразующим, а второй – основным, слогообразующим (централью). Обратная комбинация – слогообразующий гласный + неслогообразующий в китайском языке невозможна, поэтому слова с сочетаниями Г'Г опознаются по общим правилам.

---

[30] Напомним, что ранее нами была выявлена общая закономерность уменьшения слоговой длины слова при опознании этих слов носителями китайского языка, изучающими русский язык первый год. Но в общем случае речь шла о превышении количества ошибок, связанных с увеличением слоговой длины, над ошибками, связанными с ее уменьшением, процентов на 8-10.

§ 8
О сделанных выводах и перспективах
дальнейшего исследования

Суммируем полученные сведения и попробуем сделать основные выводы.

По нашим данным, слоговая структура русских слов опознается носителями китайского языка, имеющими базовые представления о русском языке, достаточно плохо. Этот результат является следствием глобальной типологической несхожести слоговой структуры китайских и русских слов. В двух-, трех- и четырехсложных словах преобладает тенденция уменьшения слоговой длины русского слова, и лишь односложные слова, имеющие в абсолютном исходе слова согласный, воспринимаются как более длинные в слоговом отношении (как двусложные). Первая из названных тенденций связана, прежде всего, с нетипичностью многосложности для китайского языка, а вторая – с невозможностью консонантного завершения слога (и соответственно – слова).

Отсутствие групп согласных внутри китайского слога приводит к следующим результатам. Во-первых, лучше всего носители китайского языка опознают слова, в которые входят сочетания смычного со щелевым, данное явление нам кажется связанным с трактовкой испытуемыми этих сочетаний как аффрикат, которые как класс звуков возможны в китайском языке и используются в качестве инициалей.

Хуже всего воспринимались слова, содержащие сочетания сонанта с любым последующим согласным (смычным, щелевым, аффрикатой или вторым сонантом). Примечательно, что данные сочетания тоже возможны в китайском языке, но их присутствие сигнализирует о наличии двух слогов, в то время как в русских словах оно является элементом одного слова. В результате наши испытуемые очень плохо опознавали слова с этими сочетаниями, причем основной ошибкой было увеличение слоговой длины по сравнению с реальной в словах с этими сочетаниями.

Другие сочетания согласных не находят никаких соответствий в китайском языке и , следовательно, должны восприниматься как элемент иноязычной системы. Интересно, что по нашим данным, слова с этими сочетаниями вызывают меньшее количество перцептивных ошибок.

Любопытная ситуация складывается также при восприятии слов, содержащих сочетания гласных. Достаточно большое количество этих слов опознавалось неправильно, их слоговая длина воспринималась меньше на один слог в сравнении с реальной. В данном случае мы опять явным образом имеем дело с влиянием системы китайского языка, в котором встречаются сочетание двух гласных, но при этом только один яв-

ляется слогообразующим и оба они, естественно, входят в один
слог.

Анализ ошибок на восприятие испытуемыми места русского словесного ударения позволяет утверждать, что успеш-
ность восприятия этой фонетической характеристики связана с
рядом параметров: с длиной слова в слогах, местом ударного
слога в слове, характеристиками слога ошибочно принимае-
мого за ударный и наличием в слове сочетания безударного
гласного с ударным.

Оказалось, что словесное ударение хорошо опознается в
двусложных структурах, а также тогда, когда оно располагается
на начальных слогах слова любой слоговой протяженности.
Учитывая тот факт, что двусложная структура доминирует в
китайском языке, а начало слова является наиболее фонети-
чески проясненной частью в любом языке, полученные данные
можно считать вполне закономерными.

Наиболее неожиданными оказались факты хорошего
восприятия места ударения в трехсложных структурах с ударением на втором слоге и практически полностью неправильного восприятия трех- и четырехсложных слов с ударением на последнем слоге, несмотря на то, что для китайского
языка как раз характерно конечное ударение в трех- и четырехсложных словах.

По нашему мнению, эти явления связаны с тем, что у
носителей китайского языка, знакомых с русским языком, но

недостаточно им владеющих (а именно таковыми были испытуемые, участвовавшие в этом эксперименте), при восприятии русского ударения возникало стремление распознать в каждом неодносложном стимуле некую акцентно-ритмическую модель русского слова, отличную от китайской.

И надо сказать, что определенные характеристики этой модели теоретически были вполне верными. Например, русское ударение действительно тяготеет к центральной части слова. И тенденция к ошибочному переносу ударения на предударный слог, о которой говорилось в предыдущем параграфе, тоже отражает определенные реалии русской фонетической системы, в которой противопоставлены предударные и заударные слоги, а первый предударный слог по качеству наиболее близок к ударному.

Из сказанного следует, что большая часть полученных данных может быть проинтерпретирована как результат взаимодействия двух фонетических систем – китайской и русской; иначе говоря, как результат фонетической интерференции. Однако поскольку изначально мы поставили перед собой несколько более широкую задачу – осветить некоторые аспекты типологических особенностей слова в китайском и русском языках, мы продолжили данное исследование, привлекая к экспериментам носителей китайского языка, не владеющих русским языком. Более подробно о том, с какой целью это было сделано и к каким результатам привело, будет рассказано

в следующем разделе.

§9
Перцептивные ошибки при восприятии акцентно-слоговой структуры русского слова, типология слова и интерференция языковых систем

Мы уже видели, что практически все ошибки на восприятие слоговой структуры и русского словесного ударения, сделанные студентами, изучающими русский язык, могут в той или иной степени быть проинтерпретированы как результат языковой интерференции двух типологически контрастирующих языков: китайского и русского. До этого момента мы ограничивались самым общим понятием интерференции, но сейчас, видимо, настал момент поговорить об этом явлении более подробно.

Интерес к этому явлению возник в лингвистике в пятидесятые годы двадцатого века, важным событием для зарождения и становления этого направления в современном языкознании стала монография Weinreich U. "Languages in contact" (Weinreich, 1953, 1963), после выхода которой изучение взаимодействия двух или более языков (их интерференции) превратилось в самостоятельное лингвистическое направление. Термин языковая интерференция представляется нам весьма удачным и отражающим суть данного языкового явления, в противоположность, например термину "контактная лингвистика" ("contact linguistics"), предполагающему, на наш взгляд, изучение более широкого спектра социо-культурных, психологических и языковых феноменов. Впервые термин "языковая интерференция" (interference) был введен в трудах Пражской лингвистической школы (Vogt, 1948, 33), с тех самых пор интерференция обычно определяется как процесс отклонения от норм контактирующих языков (Weinreich, 1963, 22; Haugen, 1957, 254; Виноградов, 1990, 197; Мечковская, 1983, 368 и др.). Действительно, результат интерференции, проявляющейся в отклонении от языковой нормы, (так называемой отрицательной интерференции) заметнее и поэтому сразу привлекает к себе внимание. Однако хотелось бы отметить, что результатом интерференции могут быть и положительные явления[31], возникшие в результате совпадения элементов систем контактирующих языков. Например, как следует из нашего материала, ударение в целом воспринимается носителями китайского языка лучше, чем слоговая структура русского слова, даже несмотря на то, что мы ограничили материал исследования четырехсложными русскими структурами (в соответствии с максимальной длиной слова в китайском языке); а также невзирая на относительную "молодость" и неустойчивость китайской акцентной системы.

Само собой разумеется, что явления интерференции помогают вскрыть типологически сущностные элементы в

---

[31] Подробнее о "положительной и отрицательной" интерференции

системе контактирующих языков. Но говоря об интерференции и проблемах типологии вообще, нельзя забывать, что, кроме взаимовлияния языковых систем существуют явления более универсального порядка, которые, в частности, могут проявляться в перцептивных неудачах вне связи с системой чужого языка. Обнаружив такие явления, мы должны будем говорить не о языковой интерференции, а о значимости системы родного языка для его носителей и психолингвистических особенностях восприятия иной, незнакомой и чуждой для испытуемых системы. С другой стороны, обнаружение фактов такого рода сделает более яркими и наглядными и сами интерференциальные процессы.

Поэтому мы решили проверить, как описанные эксперименты проходят с испытуемыми, абсолютно незнакомыми с русским языком, и сравнить результаты по двум группам участников, в одну из которых входят студенты, изучающие русский язык (1 группа испытуемых), а в другую – носители китайского языка, не владеющие ни одним из индоевропейских языков (2 группа испытуемых[32]).

см. в кн.: *Любимова Н.А.* Фонетическая интерференция (с. 6 - 10).

Рисунок 16. Сопоставительный анализ результатов восприятия слоговой структуры русских слов студентами-тайваньцами первого курса (1 группа испытуемых) и носителями китайского языка, никогда не изучавшими русский язык (2 группа испытуемых)

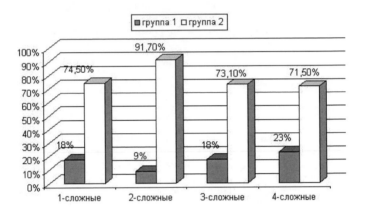

Результаты экспериментов с носителями китайского языка, незнакомыми с русским языком показали, что слоговая структура русского слова воспринимается ими крайне плохо. На Рисунке 16 представлены диаграммы, показывающие процент неверного опознания слоговой длины русских слов испытуемыми второй группы хуже, чем этот же результат у испытуемых первой группы в 4-10 (!) раз.

Конечно же, подобный результат удивлять не должен: люди, не владеющие русским языком вообще, и не могут правильно опознавать русские слова. Но характер сделанных

---

³² Вторая группа включала в свой состав 10 испытуемых.

ими ошибок оказался весьма любопытным и показательным в лингвистическом отношении.

Во-первых, двусложная структура, которая не только имеется в китайском языке, но и является в нем доминирующей, оказалось самой трудной для восприятия испытуемыми второй группы, в отличие от результатов испытуемых первой группы, которые опознавали эту структуру лучше остальных.

Рисунок 17. Сравнение тенденций по увеличению/уменьшению слоговой длины русского слова у испытуемых разных групп

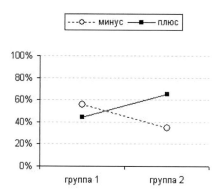

Во-вторых, если испытуемые первой группы (см. § 6) продемонстрировали стойкую тенденцию уменьшения реальной длины русского слова при его восприятии, то носители китайского языка, не владеющие русским языком, наоборот большую часть слов опознали как более длинные в слоговом отношении, чем те, которые ими были прослушаны (см. Ри-

сунок 17, на котором график с пометой "минус" отражает количество слов, слоговая длина которых была опознана как от-
личающаяся от реальной в сторону уменьшения, а график с
пометой "плюс" показывает, сколько слов были восприняты
как более длинные).

Чаще всего ошибочное восприятие слоговой длины вы-
ражалось в увеличении длины слова на один слог: 30,5% односложных, 50,2% двусложных, 51,4% трехсложных и 31% четырехсложных слов были соответственно восприняты испытуемыми второй группы как двусложные, трехсложные, четырехсложные и пятисложные. Напомним, что при подробном
анализе аналогичных данных у испытуемых первой группы
(см.§ 6) не просто прослеживалась тенденция уменьшения
слоговой длины русского слова, но и сам количественный показатель ошибочного восприятия составлял 15-20%, причем
этот процент неверного опознания складывался, в основном, за
счет трех- и четырехсложных структур.

Кроме того, испытуемые первой группы практически
никогда не опознавали предложенные для прослушивания
слова как пятисложные (см. § 6, Таблица 1), единичные случаи
такого рода затрагивали только четырехсложные слова. Испытуемые второй группы регулярно опознавали как
пятисложные и двух-, и трех-, и четырехсложные слова,
причем трех- и четырехсложные слова опознавались так
одинаково часто.

Консонантно-вокалическое наполнение слов при их восприятии испытуемыми второй группы оказалось значимым, однако и тут результаты по первой и второй группам получились несхожими. Испытуемые второй группы одинаково плохо воспринимали слова с любыми сочетанием согласных, независимо от типа сочетания (от 88,2% до 93,4% ошибочных ответов), не слишком хорошо воспринимались и слова с сочетаниями Г'Г и ГГ' (57,1% и 60,2% ошибочных ответов), и практически все правильно опознанные по слоговому составу слова относились к первой группе[33], состоящей из слов, включающих в себя только последовательности открытых слогов (например, *голова, люди, побежали*), даже относительно независимо от длины слова.

Сопоставим теперь результаты по восприятию ударения испытуемыми первой и второй группы. Процент ошибочного опознания у студентов-тайваньцев, изучающих русский язык составляет 35,5%, а у носителей китайского языка, незнакомых с русской языковой системой – 48,4%. Общая статистика по опознанию слоговой структуры выглядит гораздо более контрастно: у испытуемых первой группы 40,9% ошибок, а у испытуемых второй группы 83,1%. Следовательно, и об этом мы уже говорили, ударение перцептивно доступнее и достаточно

---

[33] Список групп см. в § 6.

хорошо опознается носителями китайского языка даже в совершенно незнакомом языке.

В случаях же неправильного восприятия места ударного слога при анализе материала, полученного от испытуемых второй группы, нам не удалось установить никаких очевидных закономерностей. Ошибочные переносы приблизительно в равной мере осуществляются на ударные и заударные слоги; на середину, конец и начало слова; ошибки встречаются одинаково часто в словах с различной консонантно-вокалической структурой. Единственное исключение составляют слова, состоящие из открытых слогов, в них и опознание места ударения происходит намного лучше (процент ошибочного опознания – около 15%, в словах иного строения этот показатель колеблется от 28% до 42%).

Как нам кажется, на основе результатов, полученных в данном эксперименте, можно сделать ряд важных выводов.

Во-первых, типологическая несхожесть структуры слова и слога в китайском и русском языках является главной причиной перцептивных ошибок как в случае знакомства китайских испытуемых с русским языком, так и в случае его полного незнания. При этом, несмотря на структурно-морфологические различия слов в этих языках, выделение с помощью фонетических средств одного из слогов многосложного слова опознавалось нашими испытуемыми значительно лучше, что демонстрирует наличие элемента типологического сходства в со-

временном китайском и русском языках и является дополни-
тельным доказательством наличия в китайском языке словесного ударения. Иначе говоря, наши эксперименты доказывают,
что словесное ударение в языках без сингармонизма является
языковой универсалией, даже применительно к языкам с тональной системой. Такой же универсалией является наличие в
языках слогов типа СГ, поскольку на опознание русских слов
такой структуры испытуемыми обеих групп не оказала особого влияния принципиально иная (в сравнении с китайским
языком) природа русского слога.

Примечателен тот факт, что отсутствие интерферирую-
щего влияния русского языка на испытуемых второй группы
приводит не просто к искаженному восприятию ими слоговой
структуры русских слов, но и к отсутствию какой-либо системы,
позволяющей составить типологию их перцептивных ошибок.
А это, на наш взгляд, свидетельствует об отсутствии у них какой-либо модели слова применительно к словам русского
языка, что существенным образом отличает их от испытуемых
первой группы, типы ошибок которых, позволяют говорить о
том, что в результате знакомства с русским языком у них
сформировалось представление об акцентно-ритмической
структуре русского слова, абсолютизация которого и привела
их к большей части перцептивных неудач.

§ 10
Полученные данные и перспектива усовершенствования методики преподавания фонетики носителям китайского языка

После того, как мы выяснили, какие трудности возникают и у студентов, начавших изучать русский язык, и у носителей китайского языка вообще, нам бы хотелось в рамках этого исследования ответить еще на два вопроса.

Во-первых, было бы интересно узнать, насколько долго зафиксированные нами ошибки при восприятии слоговой структуры и места словесного ударения русских слов сохраняются у лиц, изучающих русский язык.

А во-вторых, хотелось бы сформулировать, какие методические выводы можно сделать на основе полученных данных и какие конкретные и научно обоснованные рекомендации для преподавателей фонетики могли бы в результате быть нами предложены.

Для ответа на первый вопрос мы провели наши перцептивные эксперименты со студентами второго, третьего и четвертого курса тамкангского университета и сравнили полученные результаты с данными по первокурсникам, которые подробно были описаны выше. Полученные результаты представлены на Рисунке 18.

*Рисунок 18. Общее количество ошибок при восприятии сло-
говой структуры и место ударения в русских
словах студентами разных курсов*

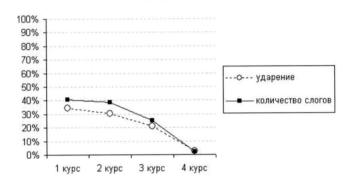

Как видно из рисунка, на протяжении первых трех лет обучения у студентов, изучающих русский язык, сохраняется достаточно высокий процент неверного опознания и слоговой структуры, и места ударения в русских словах. Только к четвертому курсу ситуация сглаживается, и ошибки такого рода практически полностью исчезают.

Чтобы не перегружать изложение статистикой, отметим просто, что типология ошибок при неверном опознании акцентно-ритмтческих особенностей слов, как показали наши подсчеты, не меняется ни на первом, ни на втором, ни на третьем курсе, процентные уменьшаются, а все описанные у первокурсников соотношения и закономерности остаются прежними. И хотя эти показатели меняются в сторону уменьшения, все-таки ситуация со столь значительными показателями по неверному восприятию слоговой структуры и словесного ударения на первом, втором и даже третьем курсе не может не вызывать беспокойства. Ведь для овладения правильной русской речью необходимо правильно опознавать ритмическую и просодическую структуру высказывания, что крайне затруднительно при неверном восприятии акцентно-ритмических характеристик русского слова.

Недостаточное владение правильными навыками аудирования на уровне структуры и просодии слова ведет к непониманию обучающимися звучащей речи на русском языке, в результате чего у них возникает боязнь построения собственных высказываний, неуверенность в себе, желание уйти от коммуникации и оставаться пассивными наблюдателями и слушателями.

Преодоление фонетических трудностей является условием перехода к автоматизации речевых навыков учащихся на всех этапах обучения иностранному языку и способствует повышению коммуникативной компетенции обучаемых, так как только сформированность слухопроизносительных навыков и умений, а также достаточная степень их автоматизации позволяют сосредоточить внимание обучающегося на содержательной стороне речи.

Достижение названных целей предполагает серьезную перестройку всей методики обучения русской фонетике в китайской аудитории. Особенностью современных разработок по методике преподавания иностранных языков является то, что сейчас, как никогда раньше, происходит сближение лингвистической теории и практики изучения и преподавания языка. Теоретические знания и разработки самым непосредственным образом влияют на развитие практических методик и совершенствование моделей обучения конкретным языкам.

Эти знания выступают базовыми как для формирования представлений о фонетической системе любого языка, так и для выбора оптимального пути формирования необходимой артикуляторной и перцептивной базы для овладения языком.

Формируя новый методический аппарат для преподавания фонетики в китайской аудитории следует опираться на факты, полученные в результате экспериментального изучения как явлений интерференции, так и на знания типологических особенностей языков, а также языковых универсалий.

Хочется надеяться, что данное исследование внесет свой вклад в дело совершенствования преподавания русской фонетики. Чисто практические выводы, которые могут быть сделаны на его основе, касаются как внесения коррективов в существующие фонетические пособия, так и возможных рекомендаций преподавателю русской фонетики при работе непосредственно на практическом занятии.

Как известно, главной целью пособий и учебников по русской фонетике является выработка произносительных навыков, причем центральным объектом внимания практически всегда остается проблема артикуляции конкретных звуков и изучение правил чтения. Никоим образом не отрицая важность работы над этим материалом, хочется отметить, что имеющиеся пособия плохо рассчитаны на развитие навыков аудирования вообще и на знакомство с акцентно-ритмическими особенностями русских слов в частности. Даже такая простая вещь как многосложность русских слов в пособиях представлена достаточно мало, что, возможно, связано с тем, что большая часть пособий создавалась для носителей других европейских языков.

Представляется целесообразным расширить материал фонетических пособий путем внесения в них слов различной слоговой длины, усилить внимание к различным акцентным типам русских слов, расширить разделы, посвященные ритмике русского слова и ввести достаточное количество упражнений на аудирование слов, высказываний и микротекстов.

Хочется надеяться, что в ближайшее время появится принципиально новое поколение учебников по русской фонетике для носителей китайского языка, основанное на новых научно подкрепленных подходах, базирующихся на серьезных лингвистических описаниях китайского и русского языков.

ПРИЛОЖЕНИЕ

1. скала́
2. снару́жи
3. прямы́е
4. в це́лях
5. отжи́м
6. рука́
7. ду́ет
8. го́лубь
9. дома́
10. таки́е
11. вчу́же
12. Лю́ба
13. жи́тель
14. ре́дька
15. цве́та
16. ве́сь
17. вдове́ц
18. Ага́фья
19. чха́йте

20. па́луба
21. тяну́чка
22. опя́ть
23. те́тереву
24. орсе́ли
25. бро́ви
26. психо́лог
27. авиа́тор
28. атеи́ст
29. не́уч
30. но́чью
31. фа́була
32. цвете́т
33. цвети́т
34. мно́го
35. ми́мика
36. к чему́
37. судьба́
38. па́па

39. за́яц
40. у́точка
41. Его́рка
42. фру́кты
43. зе́ркало
44. воро́на
45. чва́ниться
46. вчера́
47. телефо́н
48. чва́нна
49. доро́жный
50. сце́на
51. те́ма
52. рези́нка
53. вы́игрыш
54. пью́т
55. вышина́
56. уто́рка
57. лю́кс

58. персона́л

59. высо́кого

60. к це́ли

61. пе́рья

62. газе́та

63. возьми́

64. то́чно

65. зако́лка

66. со́чно

67. берёзка

68. вышине́

69. ма́льчик

70. творе́ц

71. медици́на

72. чле́ны

73. наде́жда

74. трава́

75. ма́ма

76. перча́ток

77. приглаша́ем

78. дуэ́т

79. сухи́е

80. чха́ла

81. вы́учит

82. живы́е

83. писа́теля

84. люби́мца

85. шо́у

86. пу́блика

87. сцена́рий

88. ли́зни

89. дико́вина

90. огу́рчик

91. вариа́нт

92. дубы́

93. наде́яться

94. ко́мпас

95. бла́го

96. грузови́к

97. изме́на

98. до́лго

99. переу́лок

100. вчини́т

101. поля́

102. зазна́ться

103. улы́бка

104. орси́на

105. пяти́

106. проду́кты

107. кино́

108. зоо́лог

109. члени́т

110. уто́рщик

111. отво́док

112. яи́чница

113. молодёжи

114. нюа́нс

115. сно́ва

116. века́

117. па́пка

118. ве́тка

119. дворе́ц

120. попы́тка

121. чти́ться
122. студе́нт
123. су́етный
124. тра́ур
125. доро́га
126. чреда́
127. богатыря́
128. письмо́
129. води́тели
130. взя́ток
131. чемпио́н
132. о́рфики
133. перцо́вый
134. недоу́мок
135. пти́ца
136. алма́з
137. де́ньги
138. голова́
139. Ки́ев
140. нау́ка
141. жи́вописи

142. досто́ин
143. по-мо́ему
144. побежа́ли
145. блока́да
146. по́чта
147. сра́зу
148. вору́ет
149. су́пчик
150. вла́га
151. поса́дка
152. желе́зо
153. помча́ться
154. ма́сло
155. роди́тели
156. халва́
157. ко́рня
158. к чёрту
159. швы́рк
160. сарлы́к
161. отлёта
162. вчита́ться

163. лю́ди
164. взойти́
165. чре́во
166. шко́ла
167. чти́теля
168. кла́ссика
169. сфе́ра
170. поли́тика
171. утончи́т
172. тео́рия
173. цвето́к
174. ды́ра
175. разры́в
176. ради себя́
177. пси́на
178. вьют
179. гото́вь
180. звоно́к
181. кста́ти
182. амха́ра
183. свеча́

184. повто́р

185. обсу́дит

186. поку́пка

187. поэ́т

188. обхо́д

189. ла́мпа

190. ба́бочка

191. отме́на

192. волжа́не

193. самолёты

194. цветолю́б

195. семи́

196. Ми́ла

197. па́почка

198. жва́ла

199. прохо́д

200. со́лнце

201. вцеди́т

202. нару́жу

203. пчели́нец

204. звено́

205. борца́

206. огурца́

207. сарма́ты

208. самоу́чка

209. ру́кописи

210. пчела́

211. соба́ка

212. стру́и

213. му́зыка

214. молва́

215. расце́пит

216. ра́нца

217. вцепи́ться

218. замеча́ем

219. Лю́ся

220. обо́и

221. го́лову

222. по-тво́ему

223. полми́ра

224. ко́рень

225. те́терева

226. ре́чка

227. фона́рь

228. бюро́

229. впервы́е

230. сда́ча

231. чти́ца

232. фи́зика

233. идио́т

234. восьми́

235. прое́кт

236. свети́ло

237. волна́

238. объём

239. забу́тка

240. сочле́н

241. чмо́каться

242. жа́ловаться

243. морски́е

244. копчу́шек

245. семья́

246. часы́

247. любу́ется
248. пчелово́д
249. ве́ники
250. име́ет
251. по́лный
252. ли́чно
253. молоко́
254. наи́вный
255. ранжи́р
256. ко́пчик
257. цвето́вод
258. Ташке́нт
259. самни́ты
260. те́тереве
261. па́уза
262. цми́на
263. вы́боры
264. пацие́нт
265. го́рло
266. Лю́да
267. трамва́е

268. эгои́ст
269. к царю́
270. де́ла
271. зелене́ет
272. пала́та
273. кло́ун
274. депута́ты
275. поду́шка
276. вся́кий
277. тротуа́р
278. чти́во
279. кома́нда
280. го́рка

СПИСОК ЛИТЕРАТУРА

на английском языке:

1. Cheng. R.L. Mandarin Phonological Structure // Journal of Linguistics. Vol. 2, № 2б, 1966

2. Joos M. Readings in linguistics. The development of descriptive linguistics in America since 1925. Chi., 1971

3. Haugen E. Language Contact // Reports for the Eighth International Congress of Linguists. Oslo, 1957. p. 253-261

4. Whorf B.L. The relation of habitual thought and behaviour to language // Whorf B.L. Language, thought and reality, N.Y., 1956

5. Weinreich U. Languages in Contact. N.Y., 1953 (1st ed.)

6. Weinreich U. Languages in Contact. The Hague, 1953 (2st ed.)

на русском языке:

1. Аванесов Р.И. Русское литературное произношение. М., 1984

2. Агеенко Ф.Я, Зарва М.В. Словарь ударений для работников радио и телевидения. М., 1984

3. Артемов В.А. Психология обучения иностранным языкам. М., 1969

4. Большая Российская энциклопедия: Языкознание. М.,

1998

5. Бондарко *Л.В.* Звуковая организация высказывания и фонетическая структура слога // *Слух и речь в норме и патологии.* Л., 1982

6. Бондарко *Л.В.* Звуковой строй современного русского языка. М., 1977

7. Бондарко *Л.В.* Фонетическое описание языка и фонологическое описание речи. Л., 1991

8. Бондарко *Л.В.,* Вербицкая *Л.А.,* Гордина М.В. Основы общей фонетики. СПб, 2000

9. Бондарко *Л.В.,* Зиндер *Л.Р.,* Штерн А.С. Некоторые статистические характеристики русской речи // *Слух и речь в норме и патологии.* Л., 1977

10. Бровченко Т.А., Варбанец П.Д., Таранец В.Г. Метод статистического анализа в фонетических исследованиях. Одесса, 1976

11. Быстров И.С., Гордина М.В. Фонетический строй вьетнамского языка. М., 1984

12. Венцов А.В., Касевич В.Б. Проблемы восприятия речи. СПб., 1994

13. Вербицкая *Л.А.,* Зиндер *Л.Р.* К вопросу о сочетаниях согласных в русской речи // *Филологические науки.* № 3, 1969

14. Виноградов В.А. Интерференция // *ЛЭС.* М., 1990

15. Головин Б.Н. Язык и статистика. М., 1971

16. Де Соссюр Ф. Труды по языкознанию. М., 1977

17. Драгуновы А.А. и Е.Н. Структура слога в китайском национальном языке // Советское востоковедение. М., 1955, № 1

18. Дьячок М.Т. Акцентная база (к постановке проблемы) // В кн.: Дьячок М.Т., Шаповал В.В. Opuscula glottologica professori Cyrillo Timofeiev ab discipulis dedicata. М., 2002. с. 16-19

19. Елкина В.Н., Юдина Л.С. Статистика слогов русской речи // Вычислительные системы. Вып. 10. Новосибирск, 1964

20. Зализняк А.А. Грамматический словарь русского языка. Словоизменение. М., 1987 для выбора слов

21. Зиндер Л.Р. Общая фонетика. М., 1979

22. Златоустова Л.В. Фонетическая структура слова в потоке речи. Казань, 1962

23. Златоустова Л.В., Потапова Р.К., Потапов В.В., Трунин-Донской В.Н. Общая и прикладная фонетика. М., 1997

24. Иванова М.А. Акцентуационно-ритмическая структура русского слова и словосочетания в речи китайцев: Автореф. канд. дис. СПб, 1994

25. Ильяшенко Т.П. Языковые контакты. М., 1970

26. Касевич В.Б. Фонологические проблемы общего и восточного языкознания. М., 1983

27. Касевич В.Б. О типологии просодических систем // Ис-

следования звуковых систем языков Сибири. Новосибирск, 1984. с. 185-189

28. Касевич В.Б. Фонология в типологическом и сопоставительном изучении языков // Методы сопоставительного изучения языков / Отв. ред. В.Н. Ярцева М., 1988

29. Касевич В.Б., Шабельникова Е.М. и др. Ударение и тон в языке и речевой деятельности. Л., 1990

30. Концевич Л.Р. Китайские имена собственные и термины в русском тексте. М., 2002

31. Криворучко П.М. Смыслоразличительная и формообразовательная роль ударения в современном русском языке. Киев, 1968

32. *Лингвистический энциклопедический словарь* / Под ред. В.И.Ярцевой. М., 1990 (*ЛЭС*)

33. Любимова Н.А. Фонетическая интерференция. Л., 1985

34. Маслов Ю.С. Введение в языкознание. М., 1998

35. Матусевич М.И. Современный русский язык: Фонетика. М., 1976

36. Мечковская Н.Б. Языковой контакт // Общее языкознание. Минск, 1983

37. Моисеев А.И. Акцентологические типы слов в современном русском языке // Jezyk Rosyjski. 1979, 2, с. 53-56

38. Моисеев А.И. Русский язык. Фонетика. Морфология. Орфография. М., 1975

39. Никонов В.А. Место ударения в русском слове // Interna-

International Journal of Slavic Linguistics and Poetics, 6. Hague, 1963. p.1-8

40. Орфоэпический словарь русского языка: Произношение, ударение, грамматические формы / Под ред. Р.И.Аванесова. М., 1987

41. Поливанов Е.Д. Введение в языкознание для востоковедных вузов. Л., 1928

42. Потебня А.А. Из записок по русской грамматике. М., 1958

43. Потебня А.А. Ударение. Киев, 1973

44. Проблемы и методы экспериментально-фонетического анализа речи. Л., 1980

45. Редькин В.А. Акцентология современного русского языка. М., 1971

46. Реформатский А.А. О сопоставительном методе // Реформатский А.А. Лингвистика и поэтика. М., 1987. с. 40-52

47. Румянцев М.К. К проблеме ударения в современном китайском языке. М., 1972

48. Русская грамматика: Фонетика. т. 1. М., 1982

49. Рыжова Ю.В. Взаимодействие фонетических свойств слов и их частеречной принадлежности. СПб., 1997

50. Скаличка В. О современном состоянии типологии // Новое в лингвистике. Вып. III. М., 1963. с. 19-35

51. Солнцев В. М. Типологические свойства изолирующих

языков (на материале китайского и вьетнамского языков) // Языки Юго-Восточной Азии. Проблемы морфологии, фонетики и фонологии. М., 1970. с. 11-19

52. Солнцев В.М. Введение в теорию изолирующих языков. М., 1995

53. Соссюр Ф. Курс общей лингвистики // Труды по языкознанию. М., 1977

54. Спешнев Н.А. Фонетика китайского языка. Л., 1980

55. Стричек А. Руководство по русскому ударению. Склонение и спряжение. Париж, 1966

56. Студеничник Ю.И. О месте переключения кодов в системе языковых контактов // Вестник СПбГУ. Серия: История, язык, литература. СПб., 1991

57. Федянина Н.А. Ударение в современном русском языке. М., 1982

58. Чернышев В. И. Законы и правила русского произношения. Звуки. Формы. Ударение. Опыт руководства для учителей, чтецов, артистов // Избранные труды. Т. 1. М., 1970

59. Щерба Л.В. О трояком аспекте языковых явлений и об эксперименте в языкознании. // Языковая система и речевая деятельность. Л., 1974. с. 24-39

60. Щерба Л.В. Очередные проблемы языковедения // Избранные работы по языкознанию и фонетике. Т.1. Л., 1958

61. Якобсон Р. Типологические исследования и их вклад в сравнительно-историческое языкознание // Новое в лингвистике. Вып. III. - М., 1963. с. 95-105

62. Яхонтов С. Е. Китайско-тибетские языки. // ЛЭС. М., 1990. с. 226-227

63. Яхонтов С.Е. История языкознания в Китае (1 тыс. до н.э.-1 тыс. н.э.) // История лингвистических учений. Древний Мир. Л., 1980

64. Яхонтов С.Е. История языкознания в Китае (XI-XIX вв.) // История лингвистических учений. Средневековый Восток. Л.,1981

на китайском языке:

1. 王力　漢語音韻學　台北　1991

2. 中國大百科全書: 語言　文字　梅益等編輯　北京　1988

3. 余迺永　上古音系研究　台北　1985

4. 林尹　中國聲韻學通論　台北　1995

5. 宋金印　中國聲韻學要義　台北　1965

6. 周法高　中國音韻學論文集　香港　1984

7. 周殿福　藝術語言發聲基礎　北京　1985

8. 竺家寧　古音之旅　台北　1989

9. 竺家寧　聲韻學　台北　1992

10. 林慶勳　音韻闡微研究　台北　1988

11. 林慶勳　竺家寧　古音學入門　台北　1989

12. 高本漢　(趙元任、李芳桂譯)　中國音韻學研究　台北　1962

13. 唐作藩　音韻學教程　北京　1991

14. 許逸之　中國文字結構說彙　台北　1991

15. 張世祿　中國聲韻學概要　台北　1969

16. 國音及語言運用　吳金娥等編輯　台北　1993

17. 國音學　國立台灣師範大學國音教材編輯委員會編纂　台北
1993

18. 董同龢　漢語音韻學　台北　1965

19. 葉光球　聲韻學大綱　台北　1959

20. 葉鍵得《內府藏唐寫本刊謬補缺切韻》—— 書的特色及其在音
韻學上的價值 // 聲韻論叢第五輯　中華民國聲韻學學會　國
立中正大學中國文學系所主編　台北　1996　頁 173-194

21. 趙振鐸　音韻學綱要　四川　1990

22. 潘重規　陳紹棠　中國聲韻學　台北　1978

23. 薛鳳生　國語音系解析　台北　1986

24. 謝雲飛　中國聲韻學大綱　台北　1987

25. 魏岫明　國語演變之研究　台北　1984

26. 羅常培　漢語音韻學導論　台北　1982

27. 羅肇錦　國語學　台北　1990

語言文學類　AG0020

Восприятие Акцентно-ритмической Структуры
Слова и Типология Языка
語言類型與節律體系

作　　者 / 張慶國
發 行 人 / 宋政坤
執行編輯 / 李坤城
圖文排版 / 張慧雯
封面設計 / 莊芯媚
數位轉譯 / 徐真玉　　沈裕閔
圖書銷售 / 林怡君
網路服務 / 徐國晉
出版印製 / 秀威資訊科技股份有限公司
　　　　　台北市內湖區瑞光路 583 巷 25 號 1 樓
　　　　　電話：02-2657-9211　　　傳真：02-2657-9106
　　　　　E-mail：service@showwe.com.tw
經 銷 商 / 紅螞蟻圖書有限公司
　　　　　台北市內湖區舊宗路二段 121 巷 28、32 號 4 樓
　　　　　電話：02-2795-3656　　　傳真：02-2795-4100
　　　　　http://www.e-redant.com

2006 年 7 月 BOD 再刷
定價：150 元

讀 者 回 函 卡

感謝您購買本書，為提升服務品質，煩請填寫以下問卷，收到您的寶貴意見後，我們會仔細收藏記錄並回贈紀念品，謝謝！

1.您購買的書名：＿＿＿＿＿＿＿＿＿＿＿＿＿＿＿＿

2.您從何得知本書的消息？

　　□網路書店　□部落格　□資料庫搜尋　□書訊　□電子報　□書店

　　□平面媒體　□ 朋友推薦　□網站推薦　□其他＿＿＿＿＿＿

3.您對本書的評價：(請填代號　1.非常滿意 2.滿意 3.尚可 4.再改進)

　　封面設計＿＿＿　版面編排＿＿＿　內容＿＿＿　文/譯筆＿＿＿　價格＿＿＿

4.讀完書後您覺得：

　　□很有收獲　□有收獲　□收獲不多　□沒收獲

5.您會推薦本書給朋友嗎？

　　□會　□不會，為什麼？＿＿＿＿＿＿＿＿＿＿＿＿＿＿＿＿＿＿

6.其他寶貴的意見：＿＿＿＿＿＿＿＿＿＿＿＿＿＿＿＿＿＿

＿＿＿＿＿＿＿＿＿＿＿＿＿＿＿＿＿＿＿＿＿＿＿＿＿＿＿＿＿＿

＿＿＿＿＿＿＿＿＿＿＿＿＿＿＿＿＿＿＿＿＿＿＿＿＿＿＿＿＿＿

＿＿＿＿＿＿＿＿＿＿＿＿＿＿＿＿＿＿＿＿＿＿＿＿＿＿＿＿＿＿

讀者基本資料

姓名：＿＿＿＿＿＿＿＿＿＿　年齡：＿＿＿＿　性別：□女 □男

聯絡電話：＿＿＿＿＿＿＿＿　E-mail：＿＿＿＿＿＿＿＿＿＿

地址：＿＿＿＿＿＿＿＿＿＿＿＿＿＿＿＿＿＿＿＿＿＿＿

學歷：□高中(含)以下　□高中　□專科學校　□大學

　　　□研究所(含)以上 □其他＿＿＿＿＿＿＿

職業：□製造業 □金融業 □資訊業 □軍警 □傳播業 □自由業

　　　□服務業 □公務員 □教職　□學生 □其他＿＿＿＿＿

To：114

　　台北市內湖區瑞光路 583 巷 25 號 1 樓

　　秀威資訊科技股份有限公司　　　收

寄件人姓名：

寄件人地址：□□□

秀威與 BOD

BOD（Books On Demand）是數位出版的大趨勢，秀威資訊率先運用 POD 數位印刷設備來生產書籍，並提供作者全程數位出版服務，致使書籍產銷零庫存，知識傳承不絕版，目前已開闢以下書系：

一、BOD 學術著作—專業論述的閱讀延伸
二、BOD 個人著作—分享生命的心路歷程
三、BOD 旅遊著作—個人深度旅遊文學創作
四、BOD 大陸學者—大陸專業學者學術出版
五、POD 獨家經銷—數位產製的代發行書籍

BOD 秀威網路書店：www.showwe.com.tw
政府出版品網路書店：www.govbooks.com.tw

　　永不絕版的故事・自己寫・永不休止的音符・自己唱